怪談物件マヨイガ

蠱惑《こわく》の呪術師

蒼月海里

PHP
文芸文庫

○本表紙デザイン＋ロゴ＝川上成夫

怪談物件マヨイガ

蠱惑《こわく》の呪術師

HAUNTED PROPERTY MAYOIGA

【目次】

『怪談物件マヨイガ』目次

目次・章扉デザイン――太田規介（BALCOLONY.）

蟲《むし》が闇《やみ》の中を這《は》う。

いつからだろうか。光を避けて生きるようになったのは。

そして、何を見ても心が痛まなくなったのは。


排水溝に溜《た》まったわずかな水の上で、茶色い蛾《が》が息絶えていた。水が流れれば、死骸《しがい》はいずこかへ消えてしまうだろう。同じように溜まった、落ち葉などとともに。


虚空《こくう》に指を這わせると、わずかに『流れ』の痕跡《こんせき》を感じた。不可視のそれは、時間とともに消えゆく運命だが、まだ利用出来るはずだ。

自分も流さなくてはいけない。

あの人を苦しめたものを全《すべ》て。

第七話

茨《いばら》の救済

吉原知世《よしはらともよ》は、会社のねっとりした空気が自分にまとわりつくのを感じて辟易《へきえき》した。

彼女が採用されたのは、都心に位置している、あるIT企業だった。小さなオフィスビルのワンフロアに、三十人ほどの従業員が詰め込まれている。

自分の隣では、先輩社員が不機嫌そうな顔でパソコンのキーボードを叩《たた》いている。知世はそんな先輩社員を視界に入れないようにしながら、自分の仕事に集中していた。

終業時間まで、あと三十分。

ブラインドの隙間《すきま》から漏《も》れる陽《ひ》の光は弱くなり、街灯《がいとう》がぽつぽつと街を照らす時間になった。

もうすぐ仕事が終わる。これを提出すれば、定時に上がれそうだ。

だが、そう上手《うま》くいかないのを知世は知っていた。

仕事が一つ終われば、更にもう一つ積まれてしまうのだ。たとえ、それが終業時間前後でも。

「あのさ」

隣席の先輩社員から声がかかる。

「は、はい！」

知世は慌てて顔を向けるが、先輩はモニターに釘付《くぎづ》けのままだった。

「土日は何時から来れる？」

「えっと、土日はお休みですよね……？」

知世は、恐る恐る尋ねた。

求人サイトの募集要項には、そう書かれていたはずだ。なのに、先週の土曜日も出勤させられた。

流石《さすが》に、今週末は休めると思ったのに。録《と》り溜《た》めていたドラマを見たり、新しい服を買いに行ったりしたかったのに。

すると、先輩社員は知世の方を向き、ぎろりと睨《にら》みつける。

「休みってことになってるけど？」

有無を言わせぬ気迫だ。文句あるかと続かんばかりである。

「それでも、今進めてるプロジェクトの作業を一刻も早く終わらせなきゃいけないから。俺達も土日出勤してるし」

「はぁ……」

知世は生返事をしてしまう。

彼女の近くの席では、別の先輩が「ちょっと息抜きしてくる」と会議室に向かった。他の先輩達も、「じゃあ俺も」とバタバタと席を立った。

会議室には大きなモニターがあり、最新のゲーム機が繫《つな》がっていた。福利厚生と称して、社長が導入したものだった。

就業時間中に度々《たびたび》ゲームをしているから、プロジェクトの進捗《しんちょく》状況が悪いのではないだろうか。仕事をすべき時間と休息時間の区別がついていないのではないだろうか。

だからこそ、休むべき土日も出勤しなくてはいけないのではないか。

知世はそう思ったが、とても口に出せる状況ではなかった。目の前の先輩社員の視線が、針のように痛いのだ。

「土曜日……なら……来れます……。日曜日はちょっと……用事が……」

「ふーん」

先輩社員は、薄情者と言わんばかりの投げやりな態度だった。

貴重な土曜日を差し出したというのに、何という仕打ちだ。しかも、失われた土曜日の代休はない。休日出勤しても、手当てがつくわけではない。

全《すべ》ては、「みなし」で支払われているからだ。

月給が高いと思って入社した知世だが、とんだ罠《わな》だった。社長直々《じきじき》に面接をしてくれて、その日に採用が決まって喜んでいたのに。

東京の企業で正社員になれて、実家の両親も喜んでくれていたのに。

肝心の社長は、不在のことが多い。若くて行動的なせいか、社長用のデスクにいることはほぼなかった。

「で、何時から来れるの」

「えっ」

「土曜日だよ」

先輩社員は苛立《いらだ》ったように言った。

「えっと……、いつも通りに……」

「あっそう」

何という素っ気なさだ。せっかくの休日を潰《つぶ》しているのに、礼の一つもないのか。

知世は項垂《うなだ》れながらも、終わりそうな仕事を再開する。もしかしたら、今日は早く帰れるかもしれないと希望を持ちながら。

でも、昨日も追加の仕事を押し付けられて残業を余儀《よぎ》なくされた。かれこれ、このところ毎日だ。

今日は一体、どうなることやら。

「お前、そんなことも分からないのかよ」

別の方から声が飛んできた。

知世はビクッと身体を震わせながら、そちらを見やる。

だが、それは自分に向けられたものではなかった。

「えへへ、すいません。無知なもので……」

向かいの席のチームの、先輩男女二人の会話だった。

先輩といっても、女性は自分より年下だ。それでも、この会社に入社したのは彼女の方が早いので、知世は頼れる年下として尊敬していた。

その年下先輩を、男性の先輩は殴《なぐ》りつけた。

「えっ……」

ゴッという鈍い音がした。それでも、知世以外は気にした様子はなかった。

殴られた年下先輩もまた、へらへらと笑ったままだった。

「ほんっとに、お前はダメな奴《やつ》だな」

男性の先輩もまた、へらへらと笑いながら自分の仕事を再開した。知世は、信じられないものを見てしまった。

頬《ほお》が赤くなったり吹っ飛んだりしたわけでもないので、男性の先輩は力を加減したのかもしれない。しかし、拳《こぶし》で女性を、音が出るほどの力で殴ったのは事実だ。

パワハラじゃないの？

先輩二人は、ランチに行く時も一緒で、仲がいいと思っていた。年下先輩は、腰《こし》巾着《ぎんちゃく》のように男性先輩について行くほどだった。だが、仲がいいとはいえ、流石にこれはやり過ぎではないだろうか。

口の中に酸っぱいものが広がるのを感じながらも、知世は進めていた仕事を終えた。

「あの、終わりました」

知世はファイルを共有フォルダに入れ、隣席の先輩に報告する。終業時間から五分過ぎていたが、誤差の範囲だろう。

するとと、先輩は知世の方を向かず、マウスを数回クリックした。

「今、別のタスクを転送しておいたから。それもやっておいて」

「えっ、でも、私の仕事はもう……」

「君は新人で仕事が少ないんだから」

先輩はそう言い切ると、話は終わりと言わんばかりに口を噤《つぐ》んだ。

また、定時では上がれなかった。

知世は項垂れながら、社員の進捗表を何気なく見やる。そこには、社員がどんなタスクを抱えていて、どんなタスクを終わらせたのかが記されているのだが、知世のタスクが特別に少ないわけではなかった。

そして、渡された仕事は、すぐに終わりそうになかった。

喫煙者はそこで長々とお喋《しゃべ》りをしている。目の前の先輩社員も、そのうちの一人だ。

「あれ？　タバコ吸わないいんじゃなかったっけ」

先輩社員にとって、休憩とは喫煙を指すらしい。喫煙所はオフィスの外にあり、

「……少し、休憩してきます」

喫煙者は息抜きが出来るのに、非喫煙者は休む権利すらないのか。
理不尽のあまり、知世は目頭《めがしら》を押さえそうになる。だが、込み上げてくるもの
をぐっと堪《こら》えた。
「この仕事が終わるの、遅くなりそうなので」
「あ、そう。夕食だったら、カップ麺があるから」
先輩はオフィスの一角を指さした。
そこには、福利厚生と称したお菓子とカップ麺が山積みになっている。福利厚生
というと聞こえはいいが、要は、それを食べて残業や休日出勤をしろということだ
った。
残業の覚悟を決めた他の社員が、既にデスクでカップ麺を啜《すす》っていた。シーフー
ドの香りが漂《ただよ》う中、知世もまた、虚《うつ》ろな目でバランス栄養食のビスケットに手を伸
ばしたのであった。

知世がコーヒーを淹《い》れてデスクに戻ろうとすると、向かいの席に人だかりが出来ていた。あのパワハラ男性先輩の席である。

「……どうしたんですか？」

知世が遠慮がちに輪に入ると、パワハラ先輩はモニターを指して言った。

「これ、答え分かる？」

簡単なクイズだった。

隣席にいた年下先輩は、「えー、難しいですね。分からないです」と苦笑していた。他の社員もまた、同じような反応だった。

「それ、答え分かります。多分、こうだと思いますよ」

特に何も考えず、知世は答えを教えた。

パワハラ先輩は答え合わせをして、「あー、成程《なるほど》ね。まあ、俺も分かってたけど」と肩を竦《すく》め、集まっていた社員達はぞろぞろと各々《おのおの》の席に戻った。

知世は、ちょっとした優越感を得て、少しだけ元気が出た。

年上として良いところを見せられたかもしれないと思い、何気なく年下先輩の表情を盗み見ようとした。

だが、彼女の濁《にご》った目と合い、ぎょっとした。

年下先輩の顔からは、いつも浮かんでいる笑《え》みが消え、ただ、侮蔑《ぶべつ》の表情だけが浮き彫りになっていたのだ。

「吉原さん、空気読んでください」

「えっ、それって……」

どういうこと、と問うよりも早く、年下先輩は目をそらし、自分の仕事に戻ってしまった。

他の社員の、キーボードを叩く音だけがオフィス内に響く。知世は呆然《ぼうぜん》とその場に立ちつくした。

年下先輩は、空気を読んで分からないふりをしていたということだろうか。

パワハラ先輩の「分かってたけど」というのは負け惜しみではなく、本当に答えが分かっていて、皆が分からないクイズを得意顔で解《と》いてみせたかったということだったんだろうか。年下先輩はそれを察して、敢《あ》えて、分からないふりをしていたのだ。

白けた空気が周囲に漂っていた。知世は居ても立っても居られず、早足で自分の席に戻った。

コーヒーからは白い湯気が立っているはずなのに、タンブラーごしに温かさを感じられない。指先の感覚は、すっかりなくなっていた。

渡された仕事を早く終わらせて、帰宅しよう。

知世は己《おのれ》の仕事に全神経を集中させることにした。キーボードに指を走らせて、画面に釘付けになりながらタスクを進めた。

一段落つくころには、飲みかけのコーヒーはすっかり冷めていた。だが、集中したお陰で、それほど遅くならずに仕事が終わった。

流石に終業時間もかなり過ぎているし、今日の仕事はこれで終わりだろう。総務部のメンバーはだいぶ前に帰宅し、オフィスの一角だけがガランとしている。

知世も、一刻も早く彼らと同じように帰宅したかった。終わった仕事を共有フォルダに放り込み、「終わりました」と先輩に報告した。

だが、先輩はマウスを数回クリックし「次の仕事を送った」と無慈悲《むじひ》に言い放った。

まだ仕事をさせる気⁉

心の悲鳴が漏れそうになったが、なんとか押し殺した。

だが、顔には出ていたようで、先輩はぎろりと知世をねめつけた。

「社長に気に入られてこの企画部に入れたから、いい気になっているんだろうけど」

先輩は嫌みたっぷりの前置きをしながら、こう続けた。

「俺はこの仕事に就《つ》くために、色々なものを積み上げて来たんだ。ぽっと出のお前が楽を出来ると思うなよ」

明らかな敵意と嫉妬《しっと》が、そこには含まれていた。露骨な負の感情をぶつけられた知世は、何も言い返せなかった。

知世はもう、集中してタスクを終えることに意味を感じられなくなった。周りの社員が帰ろうとする頃まで、仕事を引き延ばそうと思うようになった。

結局、知世の帰宅が許されたのは、それから数時間後の終電間際の時間であった。

大勢の会社員が、終電を待っていた。

みんなぐったりしていて、眠たそうにしている。きっと自分も同じ顔をしているのだろうと、知世は思った。

「明日も会社か……」

午前中に出勤し、夜中に帰宅する毎日だ。

明日も明後日《あさって》も、明々後日《しあさって》も繰り返されるのだろう。休日もろくに休めず、せっかく借りた家には寝に帰るだけで、心をどんどんすり減らしていくのだ。

明るい未来が見えない。そもそも、未来が一切見通せなかった。

ずっと今の調子で仕事をし続けたらどうなるのか、黒い靄《もや》に阻《はば》まれて、何も考えられない。

「会社に、行きたくないな」

知世の呟《つぶや》きが、終電を報《しら》せる駅のアナウンスにかき消される。

でも、会社に行かなくては給料が稼げない。それに、自分がいなくなったら業務が滞《とどこお》ってしまう。自分は会社を動かす歯車の一員で、一人欠けたら皆が苦労することになるのだ。

それに、給料が稼げなくては家賃が払えなくなる。家賃が払えなくなれば、実家に戻らなくてはいけない。

両親は、東京の企業で正社員になれたことを喜んでくれた。会社に行くのが嫌で実家に帰ったら、きっとガッカリさせるだろう。悲しませるかもしれない。両親の失望した顔は、見たくなかった。

「でも、会社に行くのは嫌だな……」

どうしたら会社に行かなくて済むだろう。病気になって、高熱でも出れば「休め」と言われるだろうか。

だが、それよりももっと手っ取り早く、長く会社に行かずに済む方法がある。

知世は終電を待つ列から外《はず》れ、吸い込まれるようにふらふらと、線路へ向かう。

もうすぐ終電がやって来る。転落防止柵を乗り越えて線路に飛び込めば、明日は出勤しなくて済む。

会社に行きたくない。ここではない、何処《どこ》かへ行きたい。

自分が『ここ』からいなくなれば、会社に煩《わずら》わされることもない。両親もまた、仕方がないと諦《あきら》めてくれるだろう。

駅員が別の方角に気を取られている隙に、知世は導かれるままに走り出そうとした。

だが――。

「待って」

知世の腕が何者かによって掴《つか》まれた。

終電は前照灯を煌々《こうこう》と照らし、大勢の客を詰め込んでホームにやって来る。知世は、飛び込むタイミングを失ってしまった。

「な、なんですか、あなた！」

知世は慌てて腕を振り解《ほど》こうとする。しかし、びくともしなかった。

「君、顔色が悪いよ。僕でよかったら、話を聞こうか」

知世の腕を掴んでいるのは、若い男性だった。その手は力強かったが、知世が腕を捻《ひね》らぬよう、優しく掴んでいた。

知世は、気づいた時には泣いていた。

終電はぞろぞろと乗り込む人々を吸い込むと、知世を置いて走り去ったのであった。

その男性は、八坂或人《やさかあると》と名乗った。

春めいたパステルカラーのコートを羽織り、ロリポップのような髪色をした甘いマスクの青年だ。

深夜の東京は、眩《まぶ》しいネオンと夜の闇《やみ》のコントラストが激しかったが、八坂がいるだけでネオンが穏やかになり、闇が薄くなるのを感じた。初対面なのに不思議な安心感があり、春風のような優しい香りがした。

知世は、八坂に導かれるままに深夜営業をしているカフェに入った。アルコールやタバコの臭《にお》いは一切感じられず、コーヒーの芳《こう》ばしい香りとスイーツの甘い香りだけが漂っていた。

終電を逃《のが》したカップルがお喋りをしていたり、クリエーターと思《おぼ》しき風貌《ふうぼう》の客がノートパソコンと睨めっこをしていたりする中、二人は窓際のカウンター席にやって来た。

家路を急ぐ人々をぼんやりと窓から眺《なが》めながら、知世は温かいカフェオレを一口飲むと、堰《せき》を切ったように話し始めた。

両親の期待を背負いながら田舎《いなか》から上京し、IT企業に入ったこと。ホームページでは〝アットホーム〟と銘打《めいう》っていたIT企業であったが、実際は空気を読むことを強要され、上辺だけのアットホームであったこと。土日祝は休日とされていたが、休日出勤が断れない雰囲気であること。先輩達は仕事と遊びの時間が入り混じっていて、そのせいで進捗が遅れているのに、自分にしわ寄せが来ること。そして、どんなに早く仕事を片付けても次から次へと押し付けられることなど、全てをぶちまけてしまった。

八坂は初対面なのに、「それは酷《ひど》い」「大変だったね」と一つ一つに相槌《あいづち》を打ち、真摯《しんし》に聞いてくれた。

彼が一つ同意してくれる度に、知世は自分が押し殺していた感情が溢《あふ》れるのを自覚した。気のせいだからと蓋《ふた》をしていた負の感情が、一気に噴き出したのである。

次から次へと、涙が零《こぼ》れた。そのせいで、カフェオレはしょっぱくなっていた。

「すいません、初対面なのに……こんな……」

「いいんだよ。引き留《と》めたのは僕だし」

八坂は、全く気にしていないように微笑《ほほえ》む。気さくな人だな、と知世は思った。

「でも、八坂さんに止めてもらってよかったです。あの時、私が飛び込んでしまったら、色んな人に迷惑をかけていたでしょうし……」

なにせ、夜遅くまで働いていた人達が家に帰れるか否《いな》かを左右する終電である。

人身事故で止まってしまったら、どれだけの人に迷惑をかけるだろう。帰れないどころか、明日の出勤にも影響を与えるかもしれない。

「あした……」

知世は、軽くなったはずの気持ちが一気に沈むのを感じた。

「明日、会社に行きたくない」

知世の願望を、八坂が口にした。心を読まれたのかと思って、知世はぎょっとする。

だが、八坂は相変わらずの笑みを浮かべたままだった。

「君は出勤したくないから、自分を壊そうとした。その結果、『呪《のろ》い』を振り撒《ま》こうとしたんだ」

「呪い……？」

恐ろしい響きに、知世は息を呑《の》む。

だが、言い得て妙だとも思った。なにせ、知世が飛び込んだら、大勢が迷惑を被《こうむ》ることになるのだ。これを忌《い》むべきもの――呪いと表現するのも間違っていないのだろう。

「でも、あの方法はリスクが伴うからね。僕はおすすめしないかな」

「色んな人に、迷惑をかけちゃいますしね……」

「それもあるけど、失敗する可能性がある。その結果、もっと歪《ゆが》んだ呪いを生み出すことになるからね」

「失敗……?」

「人間は簡単に壊れないんだよ」

八坂は笑顔のまま、さらりと言った。

「それって、どういうことですか……」

「正確には、一瞬で全壊するのは難しいということさ。基本的に、生物は生きることを目的に作られているからね。理に背《そむ》くには、強い力が必要だ。大抵は半壊に留《とど》まり、徐々に死に近づいていく」

「即死じゃない……ってことですか?」

「四肢《しし》がちぎれても、しばらくの間は意識があるようでね。君は出勤から逃げるために、出勤以上の絶望と苦痛を味わいながら死ぬことになる」

八坂の口調は軽かった。だからこそ、知世は話している内容とのギャップに恐ろしくなった。

「投身自殺もそうだね。意外と一命を取り留めるものの、動けない身体になることもある。意識は、ハッキリとしているのにね」

意識はあるのに、ベッドの上で動けず、自分の意思も伝えられない。見舞いに来た両親は悲しげな顔で同情の言葉をくれるのに、自分は謝罪も感謝も出来ない。そしていずれ、「この子をこのままにしていいのだろうか」「きっと私達の声も届いていない」と両親が絶望する様を、黙って見ていなくてはいけないのだ。

知世は、想像するだけで胸が痛くなるのを感じた。身体が動かないのなら、自ら終わりを選ぶことも出来ないのだ。

「それに、自殺が起きた場所は、忌むべき場所だと人々に認知されるから、『呪い』が溜まりやすくなるんだ。そういう場所がいたずらに増えると、気の流れも乱れやすくなる。そうすると、この街が孕《はら》む苦痛が増えてしまうからね」

また、『呪い』だ。

春風のような青年が時々口にする陰鬱《いんうつ》な単語が、知世は気になって仕方がなかった。

「八坂さん、『呪い』に詳しい人……なんですか？」

自分でも何を言っているのだろうと思いながら、知世は尋ねた。

呪いなんて、大昔の人が信じていた空想なのに。丑《うし》の刻《こく》参りをしたって、相手に何の苦痛も与えられないはずなのに。

だって、本当に効果があるのだとしたら、この世の人はみんな、憎い相手を模した藁人形《わらにんぎょう》に五寸釘《ごすんくぎ》を打ち付けているだろうから。

知世の荒唐無稽《こうとうむけい》な問いを、八坂は笑い飛ばさずにやんわりと受け止めた。

「多少は、『呪い』に詳しいかな」

「そ、そうなんですか。因《ちな》みに、私はお金ないですよ……」

実は霊感商法で、高価な壺《つぼ》でも買わされたらどうしよう、と知世は不安になった。

だが、八坂は「ははっ」と声をあげて笑う。

「まさか。君からお金を取ろうなんて思っていないよ。ただ、僕は人の苦痛を減らしたいだけなんだ。君が抱く『呪い』も、使い方さえ変えれば苦痛を取り除くのに役に立つから」

「へぇ……」

知世は生返事しか出来なかった。八坂が何を言っているのか、理解が出来なかったのだ。

だが、苦痛を取り除くというのは魅力的であった。知世の目的は死ぬことではなく、苦痛を取り除くことなのだ。

八坂の言う『呪い』のことはよく分からなかったが、この青年が知世の悩みの根本を理解しているのだということは分かった。

「君の家は何処だい？　家賃を教えてもらって構わないかな」

「えっと、高円寺《こうえんじ》です。安い物件があったので……」

「へぇ、いいところだね。あの辺は僕も好きだな」

八坂は知世から家賃を聞きながら、懐《ふところ》からチラシを取り出す。

「でも、君の会社からは遠いんじゃない？　新宿《しんじゅく》で乗り換えなきゃいけないし」

「そう……ですね。新宿駅の人ごみに揉《も》まれるのが辛《つら》くて……」

それも、出勤したくないことの一因だった。地方暮らしをしていた者にとって、東京の通勤・帰宅ラッシュは戦《いくさ》に近かった。

「じゃあ、この物件がおすすめだよ。引っ越しして気分を変えるといい」

「えっ、引っ越し？」

「ああ。イエが変わると、気分も変わるものさ」

八坂はにっこりと微笑む。あまりにも説得力に満ちた笑みであった。

知世はチラシに目を通す。家賃は同じだが、勤務先に近くて、新宿駅を経由しなくて済みそうだった。

物件は南向きで、日当たりは良さそうだ。

陽の光を浴びると、沈んだ気持ちが晴れるらしい。確かに、気分転換になりそうだった。

といっても、陽の光を浴びられるのは日曜日くらいになりそうだが。

どうせ、家具もそれほど多くない。引っ越しをするのは簡単だろう。

「検討してみます」

知世はチラシを受け取り、話を聞いてくれた八坂に礼を言って立ち去ろうとする。八坂は親切にもタクシーを手配してくれて、自分が引き留めたからとタクシー代をくれた。

絵に描いたようないい人だった。

多少、変わっていたけれど、そんなのは些細《ささい》なことだ。年下の女性を殴る男や、露骨に妬《ねた》む男と比べたら仏のようであったし、比べるのすら失礼だ。

「引っ越し、か」

明日、不動産屋にこの物件について問い合わせてみよう。

それに、会社の近所に引っ越すための物件探しというのなら、先輩だって早く帰らせてくれるに違いない。

知世はチラシに書かれてあった、『不動産会社マヨイガ』に連絡することを決意したのであった。

十日後、藁にもすがる思いで、知世は八坂が教えてくれた物件に引っ越した。

六畳一間であったが、日当たりは良かった。

引っ越しをするからという理由で土日の休みを確保し、知世は土曜日に荷物を運び込んだ。

大きな窓から燦々《さんさん》と射す陽の光が眩しい。

でも、この日光を充分浴びられるのも、今日と明日くらいだ。月曜日になったら、また、深夜にならないと帰れない。

そう思うと、涙が出てきた。ぼんやりとした不安が胸から込み上げ、次から次へと涙を溢れさせた。

「この週末くらいは、ちゃんと休もう……」

涙を拭《ぬぐ》うと、知世はテレビをインターネットに繋ぎ、ストリーミング配信を見始めた。見ようと思っていたのに、いつの間にか最終回が終わっていたドラマを、一気に視聴したかったのだ。

まだ荷解きがあったが、動画を見ながらでも出来る。知世は、少ない段ボールを開けて洋服や雑貨を取り出しながら、ドラマを眺めていた。

そこには、普通の人達の他愛のない生活があった。主人公の女性は、定時に仕事を終えて帰り、東京スカイツリーが見えるレストランで恋人と待ち合わせて、何気ない会話を楽しむのだ。

「いいなぁ……」

自分の心に、ぽっかりと穴が開いているのを感じる。彼らが羨《うらや》ましくて仕方がなかった。

だが、不思議と涙は零れなかった。涸《か》れてしまったわけではない。包み込まれるような、妙な安心感があった。

心に空《あ》いた穴が溶けたチョコレートで塞《ふさ》がれていくかのように、あまりにも心地が良かった。

恋人と会話をして幸せな気分を味わう主人公が、自分であるかのように錯覚出来た。悲しい気持ちが、何故《なぜ》だか感じられなくなった。

仕事はもう、どうでもよくなっていた。むしろ、どうしてそんなに、仕事に怯《おび》えているのか分からなくなっていた。

久々に陽の光をたくさん浴びたからだろうか。八坂が言っていたように、苦痛が取り払われるのを感じた。

知世は自然と笑みを零す。笑うのなんて、いつぶりだろう。

そんな幸福感にまどろみながら、知世の意識は闇に沈んだのであった。

「――さん！　吉原さん！」

知世は頬に痛みを感じた。うっすらと目を開けると、闇の中で自分に覆《おお》い被《かぶ》さっている人物がいた。

「――っ！」

悲鳴をあげたはずが、声が出なかった。相手を払おうとしたはずが、腕が上がらなかった。

「よかった、気がついた……！」

自分に覆い被さっていたのは、見知らぬ若い男性だった。彼は知世が瞼《まぶた》を開くなり、胸を撫《な》で下ろして知世を床に横たえた。

いや、知世は一度だけ、彼の顔を見たことがあった。少し冴《さ》えない顔立ちだが、誠実そうな目をした人物は――。

「不動産屋……さん……？」

酷く掠《かす》れた声で、知世は問う。

「そうです。吉原さんを担当した榊《さかき》です」

榊は安堵《あんど》のあまり、気が抜けた顔をしていた。

榊の背後には、黒い上着をまとった青年がいた。二枚目俳優かと見紛《みまが》うほど美しい顔をしていたが、気難しい表情をして部屋を見回していた。

部屋は、真っ暗だった。

開けっ放しのカーテンから夜を照らす街灯の光が漏れ、開放したままの玄関から共用廊下の灯《あか》りが見えるくらいだ。

ドラマを見たまま、夜まで眠ってしまったのだろうか。だが、どうして不動産屋が乗り込んで来たのだろうか。

テレビは動画配信サイトのメニューを映しているだけだった。どうやら、ドラマは最終回まで流しっ放しになっていたらしい。

ぼんやりとする頭で、知世は近くにあったスマートフォンに手を伸ばす。

「えっ、これ……」

画面を見て、ぎょっとした。

会社から、十数件の着信があったのだ。SMSにも、「何処行った」「仕事溜まってるよ」と先輩社員からの怒りのメッセージが届いていた。

曜日を見てみると、水曜日になっていた。知世は三日も、無断欠勤をしたらしい。

着信やSMSは、火曜日で止まっていた。恐らく、会社はもう、知世が出勤しないものと思うことにしたのだろう。

「緊急事態だと思って、入らせて頂きました……。勝手に入室したことは申し訳御座いません……」

榊は律義に頭を下げる。知世は、何が何だか分からなかった。

「あの、私は土曜日に引っ越してきて……それからずっと、寝てたんですか……？」

段ボールは半開きになり、洋服は中途半端に出されていた。大型家具を梱包《こんぽう》していた段ボールは玄関に置きっ放しになっており、部屋の中は引っ越しの直後にしか見えない。

「君は、自らを呪っていた」

黒衣の青年が口を開いた。また、『呪い』だ。

「こ、九重《ここのえ》さん……」

榊はぎょっとした顔をする。どうやら、黒衣の青年は九重というらしい。

「いや、君が内包する呪いが、君に向かうように仕向けられていた――という表現の方が正確だろうな。丁寧に編まれた呪いに、君の呪いが作る流れが載せられていたようだ。水路に、水を流すように」

「な、何を言ってるんですか……。呪いだなんて……」

そんなもの、実在するわけがない。

知世はそう思いながらも、心がざわつくのを感じた。早く明かりをつけようと、手探りで照明のリモコンに手をかける。

「つけるな！」

九重の鋭い声が、知世を制す。

彼は注意深く辺りを見回し、そして、ベランダに目を留めた。

「榊」

「はい！」

「室外機はあそこか」

「あっ、そうです！」

榊が答えるや否や、九重は室内を大股《おおまた》で歩き、勝手に窓の鍵を開けてベランダの室外機と相対する。

彼は室外機の裏を覗《のぞ》き込むと、「あった」と声をあげた。

一体、何があったのだろう。

知世の好奇心は、現実から目をそらしたいという気持ちとぶつかり合った。

そう言えば、何故、この部屋は異様に暗いのか。

照明が消えているとはいえ、街灯や共用廊下の光が入ってきているので、ある程度は見渡せるはずだ。

それなのに、部屋は真っ暗だった。まるで、黒いクレヨンで塗り潰したかのように。

「あっ……！」

榊が声をあげる。

九重の目線の先のものに気づいたのか、それとも、部屋の様子を見てか、知世には判断がつかなかった。

「――急急如律令《きゅうきゅうにょりつりょう》。我が呪いにより解けよ！」

九重は慣れた様子で印を切り、室外機の裏にあった何かを剝《は》がした。

それは、紙片だった。神社で目にする、お札《ふだ》のようにも見えた。

次の瞬間、部屋全体が動いた。

いいや、部屋を覆っていたものが、蠢《うごめ》いたのだ。

「ひっ……！」

それは、蟲《むし》だった。

百、いや、千を超える百足《むかで》のような漆黒《しっこく》の蟲が、天井《てんじょう》や壁、そして床に至るまでびっしりと埋め尽くしていたのだ。

「ひぃぃぃ！」

榊は目を剝《む》いて悲鳴をあげる。知世のか細い悲鳴は、彼の声にかき消された。

蟲は一斉に九重が開けた窓へと向かい、波のように退《ひ》く。

一瞬の出来事だった。

蟲がいなくなると、外の光が照明のついていない部屋全体をぼんやりと照らし、家具が少ない部屋の天井や壁が見渡せるようになった。

「い、今のは……」

「『呪い』だ」

ベランダから戻って来た九重は、窓の鍵をきっちりと閉めてそう言った。

「恐らく、人が持つ呪いの力を利用し、本人の苦痛を麻痺《まひ》させるものだ。君は苦痛を感じないまま、衰弱死するところだった」

「衰弱死……」

知世はオウム返しに呟くことしか出来なかった。飲まず食わずでいた身体では、彼が言っていることを欠片《かけら》も理解出来なかった。

「救急車、呼んでおきますね。何かを食べるより、点滴をしてもらった方がよさそうですし……」

榊は知世を気遣うようにそう言って、スマートフォンを操作する。知世もまた、自らのスマートフォンを見やる。

暗がりで映し出された自分の顔は、唇がカサカサになり、死人のようにやつれていた。

酷い有り様だった。どうしてこんなになってまで、自分は東京の会社にしがみついていたのだろう。

疑問と同時に、怒りが込み上げてきた。

どうして自分が、いいように扱われなくてはいけないのか。勤務中に遊び、人を殴ることを容認する会社になんて、いる価値はあるのだろうか。

自分がしがみついていたものが、急に馬鹿馬鹿しく思えた。会社に何の価値も見《み》出《いだ》せなくなった。

あんな会社、辞めてしまおう。

そして、実家に帰って静養しよう。親の期待を裏切ってしまうけど、ここで死んでしまっては意味がない。

「あ、そう言えば……」

知世は掠れた声をあげる。上京する時、「辛くなったら帰っておいで」と両親は言っていたではないか。

何故、今更になって思い出すのか。自分が逃げ込む先は、ちゃんとあったのに。

知世はどっと疲労の波が押し寄せるのを感じ、そのまま意識を手放したのであった。

吉原知世は、榊が呼んだ救急車に乗せられて病院へと運ばれた。

赤いランプが夜の闇を切り裂くのを眺めながら、榊は胸を撫で下ろす。

「吉原さん、危なかったみたいですね。間に合って良かった……」

「ああ。君の手柄だ」

「いや、九重さんのお陰ですからね？　僕一人じゃ、何も出来ないし……」

榊はたまたま、知世がマヨイガにやって来た時に担当になったのだ。

即入居可の物件だったので、すぐに彼女を案内したのだが、マヨイガにやって来た知世の様子があまりにも異様で、気になっていたのだ。

「吉原さん、凄《すご》くやつれてて、そのまま何処かに飛び込みでもするのかって感じで、心配だったんですよね。でも、不動産屋に出来ることなんて、物件を紹介することくらいですし」

「だが、彼女の不自然さを気にして、君は専門家に連絡を入れただろう。良い働きだった」

「へへへ……、九重さんに褒《ほ》めてもらえると嬉《うれ》しいですね」

照れくさそうな顔をする榊であったが、すぐに、その笑みが消えてしまう。九重は、室外機の裏にあった紙片をしかめっ面《つら》で見つめていた。

「九重さん、それって……」

「何者かが、あの物件を呪っていた。心当たりは？」

九重に問われ、榊は激しく首を横に振った。

「また、うちの物件が呪われていたなんて……。もしかして、前の取り零しでしょうか……」

「いいや。呪物《じゅぶつ》が違う」

不動産会社マヨイガの物件が、以前、創業者が掛けた呪いによって怪現象に見舞われていた。

それは、〝呪い〟ではなく〝願い〟だったのだが、結果的に多くの怪異を呼び込んでしまったのである。

その時は、人型の板切れが使われていた。しかし今回使われたのは、紙で作られた呪符《じゅふ》である。

「じゃあ、誰がこんなことを……」

「………」

榊の問いに、九重は沈黙した。

彼は、分からない時にはハッキリと言う男だ。何か、心当たりがあるのかもしれない。

「俺はこれに、見覚えがある」

「えっ、本当ですか⁉」

「だが、それと同じ流派というだけかもしれない。もう少し、調査が必要だな……」

「調査って、これと似たようなことが、またあるかもしれないってことですか？」

九重は考え込む仕草をした後、こう言った。

「もし、そういうことがあったら、俺に連絡してくれ」

「言われなくても連絡しますよ。九重さんしか、頼れる人がいないわけですし……」

九重は、呪術《じゆじゆつ》を取り扱っている『呪術屋』だ。

そんな商売をしている人間は、他には知らないし、いるとも思えない。

「ところで、吉原さんに言わなくてもよかったんでしょうかね」

「何をだ」

「えっと、彼女の職場の先輩らしき人、今朝《けさ》、事故に遭《あ》ったたってことを」

榊は知世の無事を確認する前、それとなく彼女の勤務先に、彼女が出勤しているか探りを入れたのだ。

だが、彼女の勤務先はそれどころではなかった。彼女を指導していた先輩社員が、今朝、通勤列車に吸い込まれるように線路へ落ちたという。

駅の監視カメラを見ても、誰かが彼を押した形跡はなかった。駅でたまたま彼と出会った社員も、「特に変わった様子はなかった」と証言していたそうだ。

事故に遭った先輩社員は、亡くなった。だが、現場ではしばらく、呻《うめ》き声が聞こえたらしい。

「彼女が出勤した時に分かることだ。今は、刺激しない方がいい」

「そうですよね……」

九重の意見に、榊は全面的に賛成だった。衰弱している人間に、ショッキングなことを伝えても追い打ちをかけるだけだ。

「因みに、その駅は何処だ」

「えっと、確かあっちの――」

榊は駅名を思い出しながら、駅の方を見やる。

その時だった。街灯が照らす夜道を、ちょろちょろと歩く小さな影が見えたのは。

それは、百足のようだった。ひょろりとした身体をくねらせ、無数の脚で這《は》いながら、榊が指さした方からやって来て、知世の家にいた『呪い』が去って行った方角へと消えて行った。

「今のって、もしかして……」

「……苦痛を消す呪いは、苦痛の根本も取り払おうとしたのかもしれないな」

九重は眉間《みけん》に深い皺《しわ》を刻み、百足が消えて行った方を見やる。走って追いつく速度ではなかった。

榊は鼻先に、つんとした黴臭《かびくさ》さを感じる。きっと、呪いの臭いだ。

都心にまた、呪いが蔓延《はびこ》っている。

新たな波乱を感じながら、榊はネオンに照らされる夜景を眺めていた。

第八話

もう一人の呪術師《じゅじゅつし》

「九重《ここのえ》さん、呪術屋と呪術師って、どう違うんですか？」

それは、榊《さかき》が感じた素朴な疑問だった。

呪術師という職業は、フィクションの世界で見たことがある。だが、九重が名乗っているのは『呪術屋』だ。

「同じだ」

九重は、さらりと答えた。

「えっ、同じなんですか⁉」

「正確には、呪術師というのが業種で、『呪術屋』は屋号だ」

「成程《なるほど》。マクドナルドで喩《たと》えると、呪術屋がマクドナルドで、呪術師はファストフード店って感じですかね」

「そう考えてもらっていい」

九重の説明で、榊はすんなりと理解出来た。それにしても、あまりにも直球な屋号だが。

「そう考えると、ジャンク屋さんも同じようなパターンか……」

九重の事務所で鉢合《はちあ》わせた青年のことを思い出す。半地下の住民達は、屋号にそれほどこだわりがないのだろうか。

「何故《なぜ》、そんなことを訊《き》く？」

　今度は九重が尋ねる番だった。

「いやぁ、九重さんみたいに呪術を生業《なりわい》にしている人って、他にいるのかなと思いまして」

「いるだろうな。遥《はる》か昔の人間だが、有名なのは安倍晴明《あべのせいめい》だろう」

「安倍晴明はもう、ほとんどフィクションだと思ってましたけどね……」

　安倍晴明といえば、平安時代の超有名な陰陽師《おんみようじ》だ。呪術に精通しており、フィクションの世界でも重要な役割を背負って登場し、美味《おい》しいところを持って行くイメージが強い。

「呪術は、古代中国の陰陽道が元になっていると言われる。俺が使う呪文《じゆもん》もその一つだ」

「きゅーきゅーなんとかっていうカッコいいやつですね！」

「急急如律令《きゆうきゆうにょりつりよう》」

　勝手に盛り上がる榊に、九重は静かに訂正した。

「『急々に律令の如《ごと》くに行え』という意味だな。これも、古代中国から伝わったものだ。本来は、速《すみ》やかに命令が実行されるよう行政文書に記される文言《もんごん》だった。しかし、数多《あまた》の術者がこの言葉を用いて術を行使することによって、この言葉自体に力が宿るようになったという流れだな」

「へぇぇぇ……！」

また一つ賢くなったと言わんばかりに、榊は目を輝かせる。

「そう言えば、九重さんがやる動作って、五芒星《ごぼうせい》を描いているんですよね」

榊は九重の印を切る動作を真似《まね》する。

「ああ。五芒星とは何か、知っているな？」

「はい。魔除《まよ》けの一種ですよね」

「ああ。陰陽五行説《いんようごぎょうせつ》の五元素の相克《そうこく》を表したものだ。一筆書きで描くことでその場を閉じ、魔を退《しりぞ》ける役目を担っている。他にも、安倍晴明の紋《もん》でもあるな」

五芒星は、セーマンとも呼ばれているという。

他にも、横縦九本の線を組み合わせた『九字《くじ》』という印もあるらしい。こちらはドーマンと呼ばれることもあり、魔を封じ込める役目があるそうだ。

「まあ、五芒星も魔を封じる効果があるとも言われている。俺の用途は、どちらでもないが」

「えっ、そうなんですか？」

「五芒星の各頂点は、木《もっ》・火《か》・土《ど》・金《ごん》・水《すい》の元素を示している。陰陽道では、万物はそれら五つの元素で構成されているとし、呪《のろ》いもまたそれに準じる。俺は呪いに含まれる五元素をそれぞれ打ち消して、対象の呪いを解《ほど》いているんだ」

「へ、へぇえ？」

榊は感心しながらも首を傾《かし》げる。

「よく分からないという顔をしているな」

「なんか、全体的にピンとこなくて。五つの元素っていうのも聞いたことがあるような無いようなって感じだし……」

「そういうものだろう。一般人には馴染《なじ》みが薄いはずだ。風水《ふうすい》に精通している者ならば別だろうが」

「風水！」

榊はハッとして目を剝《む》く。

「……どうした」

「むしろ、不動産屋なら風水を勉強するべきでは……！」

「風水を気にする客のために勉強するのは悪くないだろう。だが、知れば見る必要がないものまで見えてくる。物件を選別する手間が増えるかもしれないな」

「見る必要がないものって……」

「風水を気にして建てられた物件ばかりではないだろう？　君は根が善人だから、風水を気にしない客にも、そういう物件は薦《すす》め難《にく》くなりそうだと思ってな」

「う、うーん」

榊は否定出来なかった。

きっと風水を知れば、何も気にしない入居者にも風水的に良い物件を薦めたくなる。そうすると、風水的に良くないとされた物件はどうなるのか。それもまた、オーナーから預かった大切な物件なのに。

「知識を持つということは、それを正しく使う精神性が大事だということだ。君がもう少し割り切れるのならば、俺は君が学ぶことに賛成だ」

「うーん。風水を気にするお客さんにも対応出来るように、少しずつ勉強します。割り切る強い意思を持てるようにしつつ……！」

榊はぐっと拳《こぶし》を握って決意をする。

「それにしても、万物が五つの元素で構成されていて、九重さんはそれを打ち消せるなんて凄《すご》いですね。もしかして、九重さんがその気になれば僕も消……」

九重の話が本当ならば、榊もまた五つの元素で構成されていることになる。恐ろしい事態を想像しつつ九重の方を見やるが、九重は首を横に振った。

「俺の力は認知――概念の世界にしか働きかけられない。物理的な打ち消しは出来ないな」

「よかったぁ……」

榊は、ほっと胸を撫《な》で下ろす。

「でも、九重さんは知識も正しく使う精神性も持ってる人だから、物理的に打ち消せるとしても安心ですね」

九重は不思議な力を持っているが、それを常に人のために使っている正義の味方だ。榊は九重の正しさを理解していたので、安心出来た。

だが、九重は黙り込んだままだった。

「こ、九重さん？　まさか、物理的に打ち消せるなら僕を消したいとか思ってませんよね……」

念のため尋ねる榊であったが、九重は「大丈夫だ」と否定した。

「自分で言っておきながら、『正しい』とは何なのかと考えていただけだ」

「おおう……、九重さんは真面目《まじめ》ですね。僕は、九重さんみたいな人が『正しい』と思ってますけど」

「……どうだろうな。君は、俺の罪を知らない」

罪。

九重が紡《つむ》いだ単語は、やけに重々しく感じられた。彼のわずかに伏せられた瞳は、榊が知り及ばない遥《はる》か遠くを見つめているようだった。

榊は黙り込み、九重もまた、沈黙する。

ずっしりとした静寂が二人の間に漂《ただよ》い、それは永遠に続くように思えた。榊は、握った拳がじっとりと汗ばむのを感じる。

だが、九重が先に口を開いた。

「話は戻るが、俺のように呪いに精通した者はいる。しかし、裏社会に通じている者も少なくない」

「ああ……、フィクションの呪術師あるあるですね」

「呪いは現代の科学では証明出来ないからな。相手を呪っても犯罪として扱われない。政界にも、実力者が何人か食い込んでいるはずだ」

異能を持つ呪術師達が人知れず裏社会で戦っていると思うと、榊は一瞬だけワクワクしたが、冷静になってみればとんでもない話だと思った。裏社会の異能バトルは、フィクションの中で充分だ。

「でも、九重さんも実力がある人ですし、政界に食い込めたのでは……」

「俺は金が欲しいわけではない」

九重はきっぱりと言った。

確かに、九重が請求する額は、害虫駆除業者などとそれほど変わらない。そんな良心的な価格だからこそ、マヨイガのような不動産会社でも、九重に依頼が出来るのかもしれない。もっとも、経理課の帳簿上では、呪術屋に対する経費ではなく、もっと現実的な科目で処理されているかもしれなかった。

「じゃあ、どうして呪術屋を……？」

「贖罪《しょくざい》、だな」

　また、罪の話だ。

　榊は何に対する贖罪か尋ねたかったが、口に出す勇気はなかった。九重もまた、それ以上、榊に語ろうとしなかった。

「いずれにしても、本来ならば、頻繁《ひんぱん》に呪術師と会うことはないだろう。彼らのほとんどは、何らかの組織に所属しているか、表社会に顔を出さないかのどちらかだ。もし、俺のように個人で金目的ではなく活動している者がいたら――」

「いたら……？」

　榊は、思わず固唾《かたず》を呑《の》む。妙な緊張感を覚えてか、胃から酸っぱいものがこみ上げてきた。

「そいつはよほどの善人か、よほどの信念を持った奴《やつ》だ。両方の場合もある。君も、用心するといい」

「善人でも、ですか……？　それなら別に、用心する必要はないんじゃあ……」

　榊は不思議そうに目を瞬《しばた》かせる。だが、九重は眉間《みけん》に皺《しわ》を刻み込み、苦々《にがにが》しい顔をした。

「君は忘れたのか。願いは呪いにもなるんだ」

「あっ……」

かつて、マヨイガの創業者の願いが暴走し、会社と会社が預かっていた五つの物件が、呪いに巻き込まれたことを思い出す。あれも、元々は創業者である岡野《おかの》氏の善意からなるものだった。

「金銭を目的とした者は分かりやすい。だが、善意は分かり難い。善の基準は、人それぞれだからだ」

「そう……ですね」

世のため、人のために善行を尽くす。それは良いことだと信じて疑わなかったが、必ずしもそうとは限らないと榊は学んだ。

人の数だけ人の幸福があり、自分の幸福が他人の幸福であるとは限らない。榊も、自身は善であるように努めているが、誰かにとっては善でないかもしれない。くれぐれも、自分の善が正しいと思い込む呪いにかからないようにしなくてはと、己《おのれ》を戒《いまし》めたのであった。

そんなことを思い出しながら、榊はパソコンのモニターをぼんやりと眺《なが》めていた。

ブラウザには検索エンジンが表示されていて、「風水　不動産」という検索ワードを入力したまま止まっていた。

　インターネットで検索した方が早いが、ネットの情報は玉石混淆《ぎょくせきこんこう》だ。帰りに本屋にでも寄ってみようかと榊は思った。

　だが、その時――。

「なにボサッとしてんだ！　さっさとしろ！」

「ひっ、すいません！」

　いきなり聞こえて来た怒号に、榊は反射的に謝る。

　しかし、その怒号は受付のカウンターからであった。

　受付といっても、出入り口に面した書類棚をカウンター代わりにしている程度である。応対しているのは受付の係員などではなく、榊と同じ部署の女性社員・大森《おおもり》だ。

　対するは、初老の男性だった。

　身体つきも顔つきも厳《いか》つく、肩肘《かたひじ》を張って更に大柄に見せている。彼は大声で、大森を怒鳴りつけていた。

「うわー、直接乗り込んで来たよ。あのクレーマー……」

　榊の近くの席にいる同僚が、顔を曇らせる。

「知ってるのか？」

「むしろ、お前はあの人の電話を取ったことがないのか？　いちゃもんみたいなクレームをつけて来て、延々と愚痴《ぐち》りまくるんだ」

「……一回だけ、取った気がする」

榊は記憶の糸をたぐり寄せる。たしか、彼の名は矢内《やない》といった。

彼が借りた賃貸の近所には小学校があり、登下校時間になると大勢の小学生が家の前を歩くという。

それが煩《うるさ》いからどうにかしろと、マヨイガに連絡を寄こしたことがあった。小学校が近くにあるというのは、入居前に説明していたというのに。

とにかく、不動産屋ではどうにもならないレベルのクレームを寄こしては、電話越しに怒り狂うということで社内では有名だった。

「大森さん、昨日、あいつの電話を受けたらしいんだ。あいつの応対は初めてだったから、滅茶苦茶《めちゃくちゃ》丁寧にやったらしくて……」

本来ならば、丁寧に応対すれば感謝をされる。しかし、矢内に対しては増長させるきっかけとなってしまった。

大森は腰が低く、弱気なところもある。そのせいで、すぐに謝る癖もあり、そこに付け込まれたのだろう。

「お前じゃ駄目だ！　上司を出せって言ってるだろう！」

矢内は大森を怒鳴りつける。うろたえた大森が「は、はい」と返事をするのと、見かねた柏崎《かしわざき》が立ち上がるのは同時だった。

「私が上司の柏崎です」

女性にしては背が高い柏崎が、背筋を伸ばして颯爽《さっそう》と現れる。彼女は真《ま》っ直《す》ぐに矢内を見つめ、矢内は一瞬だけたじろいだ。

「お話を聞く限りだと、部下が失礼を働いたようですが、詳細をお尋ねしても？」

柏崎は、顔を真っ青にしている大森の肩を優しく叩《たた》き、そっと下がらせる。堂々たる態度の柏崎に矢内は尻込《しりご》みしていたが、それも、長くは続かなかった。

「お前が上司だと？」

「はい」

「女じゃ話にならん！　男を出せ！」

その言葉は事務所内に響き渡った。

「は？」と榊の同僚が声を漏《も》らす。榊も、同じように声を漏らしていたかもしれない。その場にいた柏崎の部下達は、皆、一斉に矢内を睨《にら》みつけた。

だが、当の矢内は全く気づいた様子はない。「女が出しゃばるな！」と差別的な言葉を重ねた。

「しかし、この場の責任者は私ですので」

矢内は事務所内をぐるりと見回す。彼の侮蔑《ぶべつ》的な視線が、榊や同僚達をねっとりと舐《な》めた。

「最近の若造は、女に使われているのか！　男として情けないと思わないのか！」

「あいつ……」

榊の同僚は立ち上がろうとする。だが、榊は「やめろって」と制止した。

「腹が立たないのか……!?　柏崎さんが馬鹿にされてるんだぞ!?」

「腹が立たないわけがない……！　でも、あいつは客なんだ。僕達が突っかかったら、柏崎さんの責任になっちゃうだろ……！」

「くそっ……！」

同僚は怒りに震えながらも感情を押し殺す。榊も、自然と握り拳に力が入った。

柏崎は尊敬出来る上司だ。厳しくもあるが、部下の失敗をフォローしてくれるし、成長を促《うなが》してくれる。榊も、何度柏崎に助けてもらったか分からない。

だが、榊達の気持ちなど知らぬ矢内は、柏崎に次々と罵声《ばせい》を浴びせる。あまりにも差別的で、聞くに堪《た》えないものであった。

それでも、柏崎は黙って耐えていた。それを見ていた大森は泣きそうになり、榊もまた、同僚のように立ち上がろうとしたその時――。

「いやぁ、申し訳御座いません。お客さま、何かご不便をおかけしてしまったようで」

外出から帰って来た部長が、ぬっと矢内の背後から現れた。

腰が低い中年男性が現れたためか、矢内は「あんたみたいなのを待っていたんだ」と罵詈雑言《ばりぞうごん》をやめた。

その後は、延々と上から目線の『指導』とやらを部長に述べ、ぺこぺこと頭を下げる部長に満足したのか、ようやく帰って行った。実に、矢内が事務所にやって来てから、二時間後のことであった。

「はー、疲れた……」

エレベーターまで矢内を見送った部長は、げっそりしながら溜息《ためいき》を吐《つ》く。

「申し訳御座いません。私が至らなかったばっかりに」

柏崎は、硬い表情で頭を下げる。だが、部長は「とんでもない！」と首を横に振った。

「ああいうのばっかりはどうしようもない。君に落ち度なんてないよ。むしろ、よく耐えてくれた」

「仕事ですので」

柏崎はどうということもないように答えた。

「君は本当に出来た人だよなぁ。優秀な人材に性別なんて関係ないのにさ。でも、古い価値観を持ってるとそうじゃないみたいなんだよね。困ったもんだ……」

部長は深い溜息を吐く。

榊も、古い価値観のことは知っている。今はジェンダーレスや女性の社会地位の向上が叫ばれているが、それはそもそも、女性を軽視する人間があまりにも多かったからなのだろう。

女性は家にいて子育てをしなくてはいけない。女性は男性の下につかなくてはいけない。

そんな不平等な価値観が女性を縛《しば》り付けていたからこそ、今、反発が起きているのだろう。

家事をするのも子育てをするのも仕事をするのも、性別なんて関係ない。家事や子育てをしたい男性だっているし、仕事をしたい女性だっている。多様な選択肢があるからこそ、個々が生きやすくなるはずなのに。

「大丈夫か？」

柏崎は、大森に問う。

あれだけ罵《ののし》られたにもかかわらず、彼女は部下の心配をしていた。大森は背筋を伸ばし、「は、はい！　お陰様で！」と答えた。

「対処し切れないクレームがあったら、すぐに私を呼べ。ああいう手合いが来た時は――」

「僕がいる時は僕を呼んで欲しいけど、会社にいることが少ないからなぁ……」

部長は渋《しぶ》い顔をする。部長は営業のため、あちらこちらに顔を出さなくてはいけないようで、会社にいる時間が少なかった。

「柏崎君は部下の面倒見もいいし、トラブルの解決も速いし、安心して社内を任せられるんだけどね。ああいうクレーマーは想定外だったな……」

「……男性のふりでもしましょうか？」

柏崎の提案に、部長は眉《まゆ》を八の字にして迷う。

「柏崎さんの男装は宝塚《たからづか》歌劇団みたいでカッコいいだろうけど、それもなんか負けた感じがするよね。やっぱり、女性社員も男性社員も同じように働いて欲しいし」

「ブチョー、未《いま》だに『お茶汲《く》みは女じゃないとダメだ』って言う人もいるんですよ」

話を聞いていた若い女性社員は、膨れっ面《つら》で口を挟む。

「あるある。俺がお茶を淹《い》れて持って行ったら、『男がお茶汲みなんてやるな』って言われたし」

他の男性社員もガックリと項垂《うなだ》れる。

「それでアタシが指名されたんだよね。指名制のお店じゃないのにさ。ムカついたから出涸《でが》らし淹れてやったわ」

若い女性社員は、得意顔で言った。

「僕は、お茶汲みをやってみたかったんだけどね。お客さんをもてなすのが好きだから……」

部長は寂しそうな顔をする。

「ブチョーは料理もお好きですもんね」

「そうそう。人の世話をするのが好きだし、専業主夫になりたかったくらいなんだけど、僕の時代は男が外で稼ぐのが当たり前だったからさ」

本当は妻のために三食作りたい、とぼやく部長であったが、気持ちを切り替えたのか、「よしっ」と手を叩く。

「今後は、男だから女だから云々《うんぬん》という話は、無視してよろしい。もしトラブルになっても、全部僕が責任を取るから」

「流石《さすが》、ブチョー！」

女性社員も男性社員も、手を叩いて喜ぶ。柏崎もまた、静かに息を吐いた。

「柏崎さん、お疲れ様です」

席に戻る柏崎に、榊はねぎらいの言葉を掛けた。すると、柏崎はちょっと困ったように笑い返す。

「見苦しいところを見せたな」

「いいえ。見苦しいのは柏崎さんじゃなくてクレーマーですから！」

「そうそう。俺はマジで柏崎さんリスペクトっす！　顎《あご》で使ってください！」

榊の同僚も、榊と一緒に柏崎をフォローする。

「あんなの前時代の遺物ですよ。今度来たら、変顔で追い返してやりましょう！」

若い女性社員も、鬼瓦《おにがわら》のような顔をしてみせた。だが、柏崎は苦笑すると、やんわりと返す。

「そうは言っても、彼もうちの客だ。価値観は古いかもしれないが、だからといって排除してはいけない。古い価値観もまた、多様性に含まれるはずだ。その多様性をどこまで許容すべきかは、難しいところだがな」

「ええー、あんなに酷《ひど》いことを言われたのに、柏崎さんイケメン過ぎる……」

若い女性社員も榊の同僚も、部長までも、ときめきを感じて胸を押さえる。榊もまたその中の一人であったが、彼の心を支配しているのはときめきだけではなかった。

どうして、柏崎のような人間が理不尽な仕打ちを受けなくてはいけないのか。矢内のような人間を、多様性として認めていいものなのだろうか。

柏崎が言うことは、頭では分かっている。でも、魂では理解が出来ない。榊は皆と同じ笑顔を取り繕《つくろ》いながらも、心の中に渦巻く負の感情を、必死に抑えていた。

その日の帰り、榊は会社の近くの居酒屋に寄った。負の感情を抱いたまま、家に帰りたくなかったのだ。

「あーあ、嫌な世の中だよな……」

ビールをちびちびと飲みながら、ポツリとぼやく。

だが本当は、榊にとって世の中なんてどうでもよかった。柏崎が馬鹿にされたことが、何よりも許せなかった。

許されるなら、あのクレーマーを殴《なぐ》ってやりたかった。

榊は拳を握る。しかし、それはいけないことだと分かっていたので、自制した。

「誰かを、呪いたそうな顔をしているね」

不意に声をかけられ、榊はハッとした。顔を上げると、若い男性が立っていた。ロリポップのような髪色で、パステルカラーのコートをまとった年齢不詳の人物だった。現実離れした色合いなのに、やけにしっくりしていて、モデルかな、と一瞬だけ思った。

「呪いだなんて、物騒な……」

　モデルのような甘い顔立ちの青年にはおおよそ似つかわしくない単語に、榊は苦笑した。

「じゃあ、誰かに対して苛立《いらだ》ちを抱いているように見える、かな。痛い目に遭《あ》えばいいのにって、思ってない？」

　自分の心が見通されたような気がして、榊はぞっとした。気づいた時には、青年は自分の向かいの席についていた。

「痛い目だなんて、そんな……」

「思うのは自由さ。想いだけじゃ痛い目に遭わせることが出来ないし。普通はね」

　確かにそうだ。誰かを痛い目に遭わせるのは犯罪だが、思うのは勝手なはずだ。

　あのクレーマーが痛い目に遭うよう願っても、それが成就《じょうじゅ》するわけがないのだから。

　青年に諭《さと》されると、榊は急に気持ちが楽になった。アルコールが、程よく回ったのかもしれない。

「この店、よく来るのかな？」

「いいえ。今日が初めてです。普段はあんまり飲まないので……」

「そっか。僕のおすすめがあるから、奢《おご》ってあげるよ」

悪いです、と制止する前に、青年は店主に注文をしていた。

「気にしないで。勝手に相席しちゃったし」

青年は天真爛漫《てんしんらんまん》な笑《え》みを湛《たた》える。なんだか春の日差しのようで、安らげる相手だと榊は思った。

「他人を苦しめる人間ってさ、それだけで呪いを振り撒《ま》いていると思うんだよ」

注文の品を待っている時、青年はぽつりとそう言った。

榊の脳裏《のうり》に、大森を傷つけて柏崎を罵倒《ばとう》し、皆に迷惑をかけた矢内の姿が過《よぎ》る。

呪いを振り撒いているというのは、言い得て妙だった。部長も彼の毒気に当てられて、すっかりまいっていた。

「そういう人間がいなくなったら、苦しむ人は少なくなると思わないかい？」

「確かに……そうかもしれませんね」

もし、あの男がいなくなったら。

恐ろしい考えだが、考えるだけならば問題ない。彼がいなかったら、大森も傷つかなかったし、柏崎も侮辱《ぶじょく》されなかったし、部長も疲弊しなかったし、自分達の業務も邪魔されなかった。

今日も、忙しくも平穏な日常を過ごせたはずなのに。

そう思った瞬間、榊は今までの思いの丈《たけ》をぶちまけていた。初対面の相手の愚痴だというのに、青年は頷《うなず》きながら真摯《しんし》に耳を傾けてくれた。

それはあまりにも心地よく、溢《あふ》れ出る負の感情を洗いざらい吐き出し、やがて、青年に見送られて足取り軽く帰路についたのであった。

「やってしまった……」

翌朝、榊は虚《うつ》ろな目で天井《てんじょう》を仰《あお》いでいた。

「どうしたんだ？　また怪現象か？」

出勤した同僚が、からかうように問う。

「いいや。昨日、居酒屋で知らない人に愚痴を全部ぶちまけちゃったんだ……」

「は？　昨日飲んだの？　俺も誘えよ」

「いや、なんか一人で飲みたくて……」

むしゃくしゃした気持ちを、一人で抑え込もうとしていた。その矢先に人当たりの良い人物が現れたので、吐き出してしまったのである。

「どこからどこまで喋《しゃべ》ったのか、ほとんど記憶がなくてさ。変なこと言ってないといいんだけど」

「へー。それだけ話したのに、連絡先は交換してないのか？」

「してない」

「相手の名前は？」

「何だっけ。七坂《しちさか》さんだか、八坂《やさか》さんって名前だった気が……」

榊は頭を抱える。記憶には靄《もや》がかかり、全《すべ》てが夢の中の出来事だったのではないかとすら思った。

「飲み過ぎだろ。この辺で働いている人だったら、また会うんじゃないか？　その時にお礼とお詫《わ》びでもしておけよ」

「この辺で……働いてるのかな」

スーツは着ていなかった。服装が自由な職場かもしれないが、それにしても自由過ぎた。やっぱりモデルかな、と首を傾げる。

その時だった。

「あっ」

若い女性社員が声をあげ、鬼瓦のような形相《ぎょうそう》になる。それを見た榊と同僚はぎょっとするが、すぐにその理由が分かった。

受付の前に、あのクレーマー――矢内が立っていたのである。

「あの、何か……」

気づいた時には、榊は立ち上がっていた。他の社員が矢内の応対をして、不快な気持ちになるのを避けたかった。

だが、榊に問われても、矢内は辺りをしきりに見回しているだけだった。

「おい」

「は、はい」

「蟲《むし》を追い払ってくれ」

「えっ？」

榊が声をあげ、同僚と若い女性社員も首を傾げる。

矢内は明らかに、何かを目で追っている。だが、その視線の先には、何も見当たらなかった。

「聞こえなかったのか！　蟲を追い払ってくれ！　そこにいるだろう！」

「いえ、何も……」

矢内は、受付になっている棚の上を指さす。だが、そこには申し訳程度に置かれた『受付』というプレートしかなかった。

「くそっ！　朝から急に現れて……このっ！　なんで俺について来るんだ！」

矢内は虚空《こくう》を引っ掻《か》き回す。その必死な表情を見ると、彼が言いがかりのために演技をしているとは思えなかった。

「早く害虫駆除業者に連絡してくれ！　お前らでもいい！　こいつを追い払ってく

れ！」

「失礼ながら、私達には蟲が見えませんで……」

榊はそう言いながらも、矢内に倣《なら》って蟲を払う仕草をする。だが、矢内は「ひいいいっ！」と叫んだ。

「下手《へた》くそ！　こっちに来たじゃねぇか！」

矢内は悲鳴をあげながら、踵《きびす》を返して事務所を去る。そして、停まっていたエレベーターに転がり込み、エントランスへと向かった。

「な、なんだ？　飛蚊症《ひぶんしょう》か……？　それなら、害虫駆除業者じゃなくて眼科の領分だけど……」

同僚は呆気《あっけ》に取られていた。

榊の胸の中はざわついていた。飛蚊症といえば、視界に黒い虫のようなものが映る症状である。眼球の中で起きることなので、他人には見えない。

だが、視界に小虫がチラついている程度のはずだ。それが、あんな風に取り乱すだろうか。

先日、吉原《よしはら》の家に呪いの百足《むかで》が蔓延《はびこ》っていたのを思い出す。あれも最初はただの暗闇《くらやみ》に見えたが、正体は大量の蟲だった。

ならば、もしかしたら――。

「様子を見てくる！」

榊は走り出す。

エレベーターを待っていられず、非常階段を駆け下りて矢内を追った。

彼はよたよたとおぼつかない足取りで走り、時折、両腕を我武者羅《がむしゃら》に振り回していた。

「矢内さん！」

追いついた榊は、矢内の背中に声をかける。矢内は振り返るが、その表情は恐怖に強張《こわば》った。

「来るな、蟲が！」

「落ち着いてください！　蟲なんていないですから！」

榊は叫ぶ。しかし、矢内は止まろうとはしなかった。

矢内は榊から逃《のが》れるように道路に飛び出す。だが、歩行者用信号機は赤を示していた。

「矢内さん！」

ブレーキ音を響かせながら、トラックが突っ込んでくる。運転手と矢内、双方の目が合い、その表情は絶望に満ちて――。

「させるか！」

榊は道路に足を踏み込むと、矢内の腕を力いっぱい引っ張った。矢内の靴が片方脱げたものの、彼の身体は榊とともに歩道へ倒れ込んだ。

スピードを落としきれなかったトラックが、矢内の靴を踏み潰《つぶ》していく。

トラックは数メートル先で停まり、運転手が窓から青ざめた顔を出すが、榊は手を振って無事だということを伝えた。

「はぁ、はぁ……。危なかった……」

「蟲が……蟲が……」

榊の腕の中で、矢内は眼球をびくびくさせながら虚空を見つめていた。両腕はだらりと垂れ、全身が溶けてしまったかのように脱力していた。

「呪いの元凶を、救ってしまったんだね」

ふわりと、聞き慣れた声が榊のうなじを撫でる。榊が振り向くと、そこには見覚えのある春風のような青年が立っていた。

居酒屋で出会った、あの人物だ。

「どういう……ことですか……？」

「君が彼を呪っていたから、手伝ってあげたんだ。もう二度と、彼によって他人が傷つかないようにと」

「呪いを、手伝う……？」

榊は耳を疑う。青年が発する『呪い』という言葉が、じわじわと胸中を蝕《むしば》むのを感じた。

「そう。痛みを消すためのおまじない。気に入ってもらえたかな」

青年は、春の日差しのように微笑《ほほえ》む。

確かに、榊は矢内に負の感情を抱いていた。呪いだと指摘されもした。

しかし、呪いを手伝うというのは、どういうことだろう。

「呪術……師……？」

「呪術を使う者をそう呼ぶのならば、僕もそうなんだろうね」

青年は、あまりにもさらりと答える。

「八坂、さん……」

「覚えててもらえて嬉《うれ》しいよ。君は不動産会社マヨイガの榊君だったね」

八坂は榊の名刺を見せる。居酒屋で話を聞いてもらった時に、榊が渡していたのだろう。

「君の勤務先は、いい不動産を扱っている。お陰で、僕の力も存分に発揮出来たよ」

八坂は一体、何を言っているのだろうか。

榊は状況を把握しきれなかった。だが、一つだけハッキリしていることがあった。

「僕は……こんなことをして欲しいとは思ってません……」

どんなに酔っていたとしても、これだけは確実だ。榊はいかに憎い相手であろうと、実際に苦しんで欲しいわけではなかった。

「どうしてだい？　呪いを振り撒く者がいれば、呪いを被《こうむ》る者も増える。だったら、より強力な呪いを以《もっ》て元凶を葬《ほうむ》った方がいいじゃないか。そうすれば、苦痛を味わう者も少なくなるわけだから」

「被害を最小限にして、多くを救いたいってことですか……？」

「それもあるけど、他人を呪う者は呪われて当然じゃないか」

一点の曇りもない目で、八坂は断言した。しかし、榊は首を横に振った。

「違う……！」

「へぇ？」

八坂は興味深そうな声をあげる。

「呪いを振り撒かれたからといって、その人を呪ってしまったら、呪いを振り撒いた人と同じになってしまう……。そしたら、負の連鎖《れんさ》が続くだけじゃないか！」

「それじゃあ、君は呪われるけど、他人は呪いたくないってことかな？」

「呪われたくはないけど……。もし、呪われてしまったとしても、僕はそこで止めたい」

「そう――」

八坂は、榊の腕の中で仰向《あおむ》けになっている矢内を見下ろした。彼の雰囲気に相反した、冷ややかな目であった。

「これ以上は、君に苦痛を与えてしまうかな。僕は君のような善人を苦しめたくはないからね」

榊にそう言ったかと思うと、八坂は踵を返す。

「ま、待って！」

榊はその背中を追おうとするが、次の瞬間、腕の中の矢内がびくんと身体を震わせた。

「お、おげぇぇぇっ」

矢内は二、三度咳《せ》き込むと、アスファルトの地面に向かって何かを吐き出す。それは吐瀉物《としゃぶつ》ではなく、真っ黒い塊《かたまり》だった。

「ひっ……」

黒い塊はウゾウゾと蠢《うごめ》き、一斉に四方八方へと散る。それは紛《まぎ》れもなく、百足の大群だった。

あるものは排水溝に、あるものは路地裏に、あるものは茂《しげ》みへと入っていく。大量の百足が過ったにもかかわらず、通行人は悲鳴一つあげなかった。

どうやら、榊にしか見えていないらしい。

榊はぐったりと気を失っている矢内を抱え、急いで救急車を呼んだ。


矢内は驚くほど衰弱しており、しばらくは入院が必要とのことだった。

意識は戻ったが、抜け殻のように虚ろで、受け答えは曖昧《あいまい》な状態であった。あの騒がしいクレーマーとは思えないほどになっていた。

後日、榊は九重とともに矢内が部屋を借りているアパートまでやって来た。九重が調べると、水道メーターの裏に呪符《じゅふ》が貼《は》られていた。

「……あの時と、同じやつだ」

呪符を見た榊は、血の気が引くのを自覚した。

それは紛れもなく、吉原の家の室外機の裏にあったものと同じだった。

「最悪だ……。酔ってお客さんの住所をバラしたのか……。今回のは、完全に僕の落ち度だ……」

榊は、その場にくずおれんばかりに項垂れる。だが、九重はじっと呪符を見つめていた。

「いや、そうとは限らない。君がこの家の家主と接触があり、かつ、呪っていたのだとしたら、その縁《えん》を辿ったのかもしれないな」

「どっちにしても、今回は僕の落ち度ですよ。僕が矢内さんを呪わなければ、こんなことにはならなかった……」

「人が人を呪うのは、避けようと思って避けられることじゃない。君は自らの呪いに引きずられなかった。それだけで、上出来だ」

「九重さん……」

九重は涼しい顔で、榊が自身の呪いを拒絶したことを称賛《しょうさん》する。それだけで、榊の罪悪感は少しだけ和《やわ》らいだ。

「それにしても、俺以外の呪術師とはな……」

「僕も、まさかそんな人が身近にいるなんて思いませんでした。全然、呪術師っぽい雰囲気じゃないのに」

九重は黒ずくめで夜のように静かな人物なので、呪術師然としているように思える。

だが、八坂は心地よく軽《かろ》やかな、春風のような人物だった。呪いとは縁遠そうなのに。

「八坂さんは、どうしてこんなことをするんだろう……。苦痛を味わう人を減らしたいみたいだったけど……」

それこそ、九重が言っていたような強い信念を持った者なのだろうか。九重の意見を訊こうとした榊であったが、彼の方を振り返って、ぎょっとした。

九重は、ただでさえ少ない表情を完全に失っていた。

「八坂……或人《あると》……」

九重の唇が、呪いの言葉のように八坂の名を紡ぐ。

彼の手の中にある呪符は、端からチリチリと黒ずみ、風化したように風にさらわれて行った。

九重に呪いを解《と》かれたからなのか、それとも九重がそうしたからなのかは分からない。榊は、ただならぬ雰囲気の九重を見つめることしか出来なかった。

第九話

穢《けが》れの痕《こん》跡《せき》

九重《ここのえ》はハッキリと、八坂《やさか》の名前を口にしていた。榊《さかき》は、彼のファミリーネームしか伝えていないというのに。

「九重さん、八坂さんを知っているんですか……？」

「ああ」

九重は短く答える。

「その……一体、どういうお知り合いで……。同業者っぽいですけど……」

同業者。

そう言った瞬間、九重の眉間《みけん》にぎゅっと谷が刻まれた。

「わっ、すいません……！」

榊は思わず謝ってしまう。すると、九重は眉間を揉《も》んで息を吐き、己《おのれ》を落ち着かせるようにしてこう言った。

「呪術《じゅじゅつ》を扱うことを生業《なりわい》としている者として、俺も彼も、広義の呪術師ではある。だが、やることは違う」

九重の手の中にあった呪符《じゅふ》は、すっかり黒ずんでボロボロになっていた。辛《かろ》うじて残っていた最後の一片を、風が無慈悲《むじひ》にさらって行く。

「俺は呪《のろ》いを解く。奴《やつ》は、呪いをかける」

「呪いを、かける……？」

「正確には、俺も自らの呪いを対象にかけることで打ち消しているんだが、結果的には、その場の呪いがなくなるわけだからな」

「それに対して八坂さんは、上乗せをするという感じですかね……」

榊の言葉に、九重は無言で頷《うなず》いた。

「どうして、そんなことを……」

「苦痛をなくすため」

九重は、ポツリと言った。

「――そう、奴は言っていた」

「僕も、それに近いことは聞きました」

クレーマーがこれ以上呪いを振り撒《ま》かないためにも、榊の呪いを使ったのだ、と。

「確かに、苦痛は減った方がいいと思いますけど、矢内《やない》さんだって苦しんでいた……。被害を減らすために一人が苦しんでいなくなるべきかというと、そうじゃないような……」

「……そうだな」

九重は、どこか安堵《あんど》するように息を吐く。榊の意見と、ほぼ同じなのだろう。

「それに、吉原《よしはら》さんも八坂さんに呪われていたんですよね……？　あの人は他人に迷惑をかけていないのに、どうして……」

「俺達が部屋に入った時、彼女は苦痛を感じていたか?」

「……!」

九重の問いに、榊は言葉に詰まる。

榊は、吉原の家に突入した時のことを思い出す。

どんなにチャイムを押しても、どんなに扉を叩《たた》いて呼びかけても答えはなく、合鍵で扉を開くと、真っ暗な部屋が二人を迎えた。

その真ん中で、彼女はだらりと座り込んでいた。虚《うつ》ろな目で、動画配信サイトのメニュー画面を映すテレビを眺《なが》めていた。

だがその顔は、笑っていた。薄笑いであったが、幸せそうですらあった。

しかし、彼女の名を呼んでも、視界を遮《さえぎ》っても、全く反応がなかったので、異常事態を察した榊は彼女に気つけを行ったのだ。

「完全に意識が何処《どこ》かに行ってましたけど、幸せそう……でした」

「彼女が望んだ結果だったんだろうな」

「数日間飲まず食わずで、衰弱死しそうだったのに?」

「それでも、彼女は幸せだった。君が彼女を正気に戻すまで、彼女の認知の中では」

「それはつまり、呪いによって幸せを錯覚《さっかく》させられていた……？」

榊は自分でそう言って、ぞっとした。

今まで、九重とともに呪いを目《ま》の当たりにして来た。大抵の人は呪いに苦しみ、不幸になっていた。

だが、呪いによって幸福になり、心も身体も蝕《むしば》まれていく人もいるのか。

「呪いは認知の歪《ゆが》みだ。幸せにも不幸せにもなる」

九重の言葉は、妙に納得出来た。

負の感情ではない、願いすら呪いになるのだ。呪いで幸福になってもおかしくない。

だが、呪いとは歪みなので、齎《もたら》す結果は歪んだものだが。

「どうして……」

疑問が次々と溢《あふ》れ出す。不可解なことばかりだ。

だが、一番気になるのは――。

「立て続けに、マヨイガが管理している物件に呪いがかかっていたことが気になる。君に接触したのは偶然かもしれないが、会社の近くにいたのは偶然ではないだろう」

「マヨイガの物件が、狙《ねら》われているんですかね……」

どうして、と再び疑問が浮上する。創業者が残した怪異を解決し、ようやく未来に向かって進めると思ったのに。

「他の物件を調べてみるべきだろうな。室外機や郵便ポスト、水道メーターなどの裏に呪符がないか確認した方がいい」

「……そうですね。上司に相談してみます」

とてもではないが、自分一人で出来る作業ではない。だが、理解がある柏崎《かしわざき》であれば、動いてくれるだろう。

「榊」

「はい……」

「君はマヨイガの社員だ。また、あの男に会うかもしれない。だが、あの男の話に耳を傾けるな」

今までで一番、強い口調だった。

榊は返事をするのも忘れ、先ほどの疑問が口をついて出てくる。

「九重さん、八坂さんとはどういう関係なんですか……？　その、同業者ってだけじゃないと思うんですが……」

「複雑な関係だ」

九重はそれっきり口を閉ざし、榊の問いに答えることはなかった。

その表情は痛みに耐えているようで、榊もまた、それ以上踏み込む勇気が湧《わ》かなかった。

八坂の印象は、呪いとはかけ離れたものだった。

彼の姿は、色とりどりの花が咲き誇る春の街そのものであったし、柔らかい笑顔も木漏《こも》れ日のように爽《さわ》やかであった。

とても、恐ろしい呪いをかけるようには見えない。

榊は矢内が吐き出した大量の百足《むかで》を思い出し、ぶるりと震えた。あの百足も実体はなかったので、呪いの具現化のようなものなのだろう。

「パステルカラーの春めいた男、ねぇ」

榊から事情を聴いた柏崎は、苦虫《にがむし》を嚙《か》み潰《つぶ》したような顔をしながら、パソコンのキーボードを叩いていた。

「そんな男がいたら、目立ちそうなものだがな」

「いや、目立つなんてもんじゃないですって。髪がピンクとか紫のメッシュですし。ただ、様になり過ぎていて、東京の街に完全に馴染《なじ》んじゃってましたけど」

「でも流石《さすが》に、市ケ谷《いちがや》にいたら目立つよな。原宿《はらじゅく》ならまだしも」

榊の話に耳を傾けていた同僚が、口を挟む。

「確かに、原宿っぽい感じだったな。スカウトに声を掛けられまくりそうだけど」

歩き方も堂々としたものだし、容姿も整っている。呪術師ではなく、モデルやタレントと言われた方がよほどしっくりくるのに。

「……妙だな」

柏崎は首を捻《ひね》る。

「どうしたんですか？」

「いや、お前がそいつと会った居酒屋の店主にSNSで訊《き》いてみたんだが」

「早っ！　なんかカタカタやってるなと思ったら、DM打ってたんですか！」

柏崎の行動の速さに目を剝《む》きつつ、榊は彼女の言葉の続きを待った。

柏崎は怪訝《けげん》な表情のまま、こう言った。

「店主はそんな奴、見てないそうだ」

「えっ。でも、あの人、店主さんにおすすめをオーダーしてましたよ」

「妙だな。あそこの居酒屋は何度か使ったことがあるが、店主は客の顔を覚えるタイプなんだ」

因《ちな》みに、榊の顔は覚えていたらしい。酔っぱらってグスグス泣き出し、何度も宥《なだ》められるほどであったが、相手に名刺を差し出す姿勢だけはちゃんとしていたという。

「……もう、深酒しないようにします」

　榊は穴があったら入りたい気持ちだった。

「お前のことをこれだけ覚えているのに、お前を宥めていた相手のことは覚えていないそうだ。そこに確かに誰かいたし、会計もきっちりしたが、どんな奴だったかは頭からすっぽり抜けているんだとさ」

　どういうことだ、と柏崎はぼやく。

「認知が……歪まされていたんですかね」

「認知が何だって？」

「多分なんですけど、呪いって認知に関係するものだから、呪術師なら他人の認知を操作出来るのかもって思いまして……」

　自分で言って、ゾッとした。

　それはつまり、八坂は意図して、榊にしか自分を認識させないようにしていたということではないか。少なくとも、彼は居酒屋に入る前から、標的を榊に絞《しぼ》っていたのだろう。

　浮かれた服装なのに、抜け目のない男だ。

　榊が八坂のことを思い出していると、突如《とつじょ》、外線のコールが鳴った。

「ひぃ！」

榊は驚き、同僚が出る。すると、受話器ごしに怒鳴り声が聞こえた。

何と言っているかは分からない。だが、同僚は無理矢理営業スマイルを貼りつかせ、電話越しにぺこぺこと頭を下げて謝罪する。

恐らく、クレームだ。

数分の通話の後、同僚は受話器を置いて大きな溜息《ためいき》を吐《つ》く。そして、パソコンの画面を指さしてこう言った。

「心霊課、お前の出番かもしれないぞ」

「いや、勝手に部署を作らないでくれよ。怪異のクレーム？」

怪異という単語がすんなり出て来てしまう自分に嫌気がさしつつも、榊はパソコンの画面を見やる。

「クレーム自体は騒音問題だ。動画サイトの配信者がマンションに来て騒ぐから、そいつをどうにかして欲しいんだとさ。ただ、そのマンションが問題なんだ」

「『幽霊マンション』……」

内部資料の物件の備考欄には、そう書かれていた。

柏崎と同僚の視線が、榊に注《そそ》がれる。榊は、この件を引き受ける覚悟を早々に決めたのであった。

『幽霊マンション』と呼ばれたそのマンションは、十四階建ての古いマンションであった。白いはずの外壁は黒ずみ、外階段の手すりには錆《さび》が浮いて、陰鬱《いんうつ》さに拍車をかけていた。

不名誉な名前で呼ばれるきっかけとなったのは、数年前の自殺騒ぎであった。外部の人間が、最上階から投身自殺を図ったのである。

建物の出入り口はオートロックでなく、管理室は管理人不在が多い上に、外に面した廊下があったためだろう。それから事故物件情報がネット上に掲載され、マンションの外観がおどろおどろしいのも相俟《あいま》って、人々は『幽霊マンション』と呼ぶようになったのだ。

「物件についての前情報で負の感情を抱くというのは、それだけで認知の歪みが発生している。つまり、マンションを見上げながら九重は言った。

榊の隣で、マンションを見上げながら九重は言った。

「じゃあ、今回の一件も呪いが……」

「それは分からない。だが、呪いを使う者にとって、都合がよくなる場合もある」

その呪いを使う者というのは、八坂のことだろう。

「ここのマンション……分譲なんですよ。他の物件は他の不動産会社が管理しているから、虱潰《しらみつぶ》しに調査は出来ないんですよね。本当は、全室の室外機を見られればよかったんですけど」

「室外機があるのはベランダだろう？　奴があまり高い場所に侵入するとは考え難《にく》い。高層階のベランダを調査する必要はないだろうな」

「あ、そうか。外部の人が侵入出来る場所を探せばいいんですね」

そうなると、あとは郵便受けか水道メーターだろう。郵便受けは一階のエントランスにあるし、各部屋の水道メーターは廊下にある。

「尤《もっと》も、この物件に住む人を奴がターゲットにしているとは限らないが」

「そもそも、今回のクレームは、外部の人間による騒音トラブルですからね……」

動画サイトの配信者が『幽霊マンション』にやって来て、毎晩のように肝試《きもだめ》しをするという。その声が煩《うるさ》いので、追い返して欲しいというのがクレームの内容だった。

むしろ、怪異でない可能性の方が高い。だが、八坂の一件があるので、榊は九重にも同行を頼んだのだ。

「すいませーん」

榊は管理室に声をかける。だが、煌々《こうこう》と照明がついているにもかかわらず、誰も出て来なかった。

「あの、すいません！」

管理室の窓ガラスをノックする。それでようやく、奥から年老いた管理人がやってきた。

「はいはい、どうしました」

「昨日アポを取らせて頂いた、不動産会社マヨイガの榊ですけど、調査をさせて頂いても構いませんか？」

「はいはい。酒井《さかい》さんですね」

「いえ、榊です……」

「ああ、酒屋さんでしたか」

「不動産屋の榊です……」

そんなやり取りを続けて数分、榊はようやく管理人に不動産屋の榊として認識してもらえた。榊がぐったりして戻る頃には、九重はずらりと並んだ郵便受けの調査をしていた。

「管理人さんの許可を得てきました……」

「ご苦労だったな」

「いや、本当に苦労しましたよ。あの人が管理人で大丈夫かな……」

動画サイトの配信者が夜間に侵入した形跡はないと管理人は言っていたが、そもそも管理人は十八時で帰宅してしまうらしい。証言は怪しいものだと榊は思った。

「外部の人間が投身のために入り込まないよう対策をしているつもりなのだろうが、本当に『つもり』なのかもしれないな」

「まあ、何かあった時に、管理人がいれば言いわけが出来ますしね……。夜に何かあっても言いわけを考えてるんだろうな……」

嫌な話だ、と榊は辟易《へきえき》した。形だけの対策では、根本的な解決にならないのに。

「因みに、そっちは何かありました？」

「今のところはない。痕跡も見当たらない。だが、郵便受けの中を見たわけではないからな。巧妙に隠されていたらお手上げだ」

「郵便受けを覗《のぞ》くのは犯罪ですしね……。でも、痕跡がないなら一安心です」

地道な調査が必要だが、少しずつ安全を確認できればいい。

九重は夜の闇《やみ》のように静かな人物だが、朝日のように少しずつ闇を照らしてくれる。

そんな九重のことが、榊はとても頼もしかった。

「クレームを入れた入居者は？」

「三階の大久保《おおくぼ》さんです」

九重と榊は、エレベーターで三階まで上がる。エレベーターの照明はチラチラと点滅し、天井《てんじょう》には蜘蛛《くも》の巣が張っていた。

「清掃業者は入ってるはずなんですけどね。あんまり掃除が行き届いてませんね」

「形だけの清掃業者なのかもしれないな」

「管理人も形だけだし、有り得ますね……」

怪異以上に根深い問題がありそうだと、榊は頷《うなず》いた。

榊は九重とともに、大久保の部屋までやって来る。廊下は外に面していたが、真新しくて高いビルに囲まれているせいで、陽《ひ》の光は届かなかった。

じっとりと湿って埃《ほこり》っぽい風だけが、ねっとりと頬《ほお》を撫《な》でていく。雨水用の排水溝には、誰のものかも分からない髪の毛が絡まった綿埃が溜《た》まっていた。

廊下はやけに、がらんとしていた。大久保の家の前にやって来るまで、住民と一人もすれ違わなかった。

本当に、人が住んでいるのだろうか。

榊は疑問に思いながら、周囲の部屋の扉を見やる。表札はほとんど出ていないが、都心に住む人はプライバシーを気にして出さないことも多いので、入居者がいるのかいないのか区別がつかない。

だが、無人だと言われても納得してしまうほど、人の気配がなかった。榊と同じ違和感を抱いているのか、九重もまた、しかめっ面《つら》で周囲を見渡していた。

「ひとまず、直接大久保さんに話を聞いてみますね。本当なら、もっと別の手順を踏むんですけど、今回はちょっと状況が特殊ですし」

「ああ。助かる」

八坂の痕跡を調査するためには、住民と直接接触する必要があった。それに、大久保が住んでいるのは低層の三階だ。心得のある者ならば、ベランダに侵入出来ない高さではない。

榊はインターホンを鳴らす。だが、返事はない。

留守かなと思いつつ、もう一回インターホンを鳴らす。すると、鉄の扉を乱暴に殴《なぐ》りつける音がした。

「うわっ」

「また来たのか！　クソ配信者め！」

扉越しに、男の低い怒声が響く。榊は慌てて「違います！」と叫んだ。

「マヨイガの職員――榊です！　本日は詳しいお話を聞きたくてお伺いしたのですが……！」

「詳しい話なんて必要ねぇ！　うちの前によく来る、迷惑系の配信者を摘《つ》まみ出してくれればいいんだ！　あいつらのせいで、寝られやしねぇ！」

「お疲れのところ、大変申し訳御座いません。せめて、数分だけでも……！」

「煩い！　さっさと俺の言う通りにしろ！」

取り付く島もなかった。榊がいくら説得しようとしても、大久保は「煩い！」「さっさと行け！」としか言わなかった。

「き、気難しい人だな……」

これはいよいよ、クレームが本当かも怪しくなってきた。

「九重さん、何か分かりましたか……？　いや、流石にこんなんじゃあ、分からないか……」

至らなくてすいません、と榊は項垂《うなだ》れる。九重は眉《まゆ》を寄せたまま、じっと扉を見つめていた。

「部屋が散らかっているんだろうな。気配を捉《とら》え難《にく》い。だが、引っかかることがあるな」

「痕跡っぽいのがあったんですか？」

「いや、それは分からない。だが、この部屋の住民は、何かに怯《おび》えている」

「えっ？」

榊は耳を疑う。むしろ、周囲を威嚇《いかく》しようと声を張りあげているとすら思っていたのに。

「虚勢を張っているように感じられた。配信者とやらに対して、怒りよりも恐れがあるのかもしれない」

「あいつらってことは複数人みたいですし、迷惑系の配信者が集まったら確かに怖いと思いますけど……」

動画投稿サイトの迷惑系の配信者とは、その名の通り、迷惑行為を動画配信する輩《やから》のことである。犯罪まがいのことをする過激な者もおり、警察に捕《つか》まったり裁判を起こされる者もいる。

「でも、大久保さんの怒鳴り声って迫力があるし、僕もかなりドキドキしたし、一声あげれば立ち去りそうな気もするけど……」

「他の住民に、話を聞いてみてはどうだ？」

「……そうしてみます」

九重の案には賛成だった。あまりにも情報が少な過ぎる。

だが、それぞれの家を訪問して聞き込むのは気が引けた。出来ることならば、他の入居者に世間話を装って話を聞きたかった。榊は警察ではなく、不動産屋の一介の平社員なのだから。

しかし、榊の思いも空《むな》しく、他の入居者とは全くすれ違わなかった。

三階の廊下を何往復しても、誰とも会わなかった。一階のエントランスに戻るものの、誰も帰宅しないし、出て行く人もいなかった。

管理室の灯《あか》りは、いつの間にか消えていた。まだ管理人の帰宅時間ではないはずだが、休憩にでも出ているのだろうか。

よく見ると、管理室の窓枠にも蜘蛛の巣が張っていて、何年も放置されているように見えた。

自分が会話をした管理人も幻のように思えて、榊は身震いをする。

「……九重さん」

榊は九重の上着の袖《そで》を、ギュッと摑《つか》む。

「どうした？」

「いえ。僕、ちゃんとここの管理人さんと話してましたよね？　暗い管理室に向かって独り言を言ってたわけじゃないですよね？」

「ああ。あの老人と話していただろう？」

九重は、マンションの外を顎《あご》で指す。そこには、コンビニのビニール袋を提《さ》げてマンションに帰って来る管理人の姿があった。

「よかった……。本当に席を外《はず》しているだけだった……」

「君は今、自らに呪いをかけようとしていたな。自らが感じた恐怖を、怪異だと思い込みそうになっただろう」

「すいません……。こんなところなので、つい」

「いいや。謝る必要はない。無理もないことだからな」

結局、榊達はエントランスで人を待つことを諦《あきら》め、各階の廊下を歩いてみることにした。その過程で、九重が何らかの手掛かりを得るかもしれない。

二階、三階、四階と外階段を上がっていく。その間、二人は誰にも会わなかった。扉越しに生活音が聞こえることもなかった。

このマンションは、ほとんど人が住んでいないのではないだろうか。

榊が人とすれ違うことを諦めそうになった八階で、ようやく、エレベーターホールに向かおうとする若者を見つけた。

「あの！　すいません！」

榊は思わず、大声で若者を引き留《と》める。若者はビックリして目を見開き、榊達の方を振り返った。

「な、な、なんですか！」

「いや、驚かせて申し訳御座いません……！　ちょっと、お聞きしたいことがありまして……！」

榊は小走りで若者に歩み寄る。若者は、しきりに辺りを気にしてから、榊達と向き合った。

「私、不動産屋の者なんです。それで、騒音の件について調査をしていまして」

「……あの人が煩いって、誰かがクレームを入れたんですか？」

「え？」

若者は怯えるように周囲を見回しながら、声を潜《ひそ》めて榊に問う。

「あの人って……」

「三階の……大久保さんですよ」

「いいえ。その――どうしてそう思われるんですか？」

まさか、騒音を解決して欲しいと言った本人の名前がこんなところで出るとは思わなかった。虚を衝《つ》かれた榊は、若者に倣《なら》って小声で問う。

「あの人、やりたい放題だったんですよ。だから、みんなクレームを入れてて……」

若者が言うには、大久保は仲間を家に呼び、深夜まで酒を飲んで騒ぎ、ベランダでタバコを吸ったりバーベキューをしたりとやりたい放題だったらしい。

ベランダで騒いでいた時は、若者の家まで声が届いたそうだ。大久保の声がよく通るのと、壁が薄いのが相俟って、酷《ひど》いものだったという。

それで、周囲の住民は各々《おのおの》の管理会社にクレームを入れたり、警察に通報したりした。

だが、その後日、大久保は仲間とともに、一軒一軒つぶさに回って、クレームを入れた者や通報をした者を探し回ったという。その目的はもちろん、お礼参りだ。

「それで、みんな怖がって引っ越してしまったんです……。私は学生でお金がなくて……。でも、就職先が決まったので、卒業したら出ていくつもりです……」

「成程《なるほど》。住民の気配がなかったのは、そのせいだったのか……。うちの会社が扱ってるのはあの部屋だけだから、他の部屋の情報がなかったんだ……」

榊は納得する。一つの視点から得られる情報だけでは、当てにならないことが分かった。大久保に関しては、他社に寄せられたクレームの記録も残っているかもしれない。

だが、問題はそこではなかった。

「それじゃあ、動画の配信者が騒いでいたことはありますか？　ここのところ、毎晩のように来ているみたいですけど……」

榊が尋ねると、若者はキョトンとした表情になった。

「動画の配信者ですか？　さあ、分からないですね……。最近は、とても静かなんですよ。夜になると偶《たま》に、大久保さんの叫び声みたいなのは聞こえますけど、お仲間とベランダで盛り上がっていた時よりは、ずっとマシです」

若者は力なく笑いながら、榊達に別れの挨拶《あいさつ》をして去って行った。

榊は違和感を抱いたまま、九重を見やる。すると九重は、鋭い目つきで若者が去った後を見つめていた。

それから数人の住民に話が聞けたのだが、言っていることは若者とほぼ同じであった。

大久保が騒音トラブルを起こしていたことと、最近はマシになっていること。だが、夜になると叫び声のようなものが聞こえること。そして、動画サイトの配信者なんて見たことがないとのことだった。

気づいた時には、陽はすっかり沈んでいた。

動画サイトの配信者とやらは、夜になるとやって来るという。榊は九重とともに、三階の非常階段に身を隠しながら待つことにした。

「来ると思います？」

榊は声を潜めて問う。九重は、三階の廊下に気を配りながら答えた。

「……可能性は低い」

「ですよね。配信者の存在を主張しているのって、大久保さんだけですし。もしかしたら、大久保さんに何らかの呪いがかかってるんじゃないですか？　その、認知が歪んでるのかも、って」

「扉越しに気配を探ったが、色々なものが入り混じっていて探り切れなかった。散らかっているのかと思ったが、もしかしたら――」

九重が物陰から踏み出そうとしたその時、「ヒイイイィッ！」と悲鳴が聞こえた。

「今の、大久保さんの声……？」

「行くぞ！」

九重は走り出し、榊もそれについて行く。大久保の部屋の前までやって来ると、彼の叫び声が聞こえた。

「煩い！　煩い！」

「大久保さん、どうしたんですか⁉」

「配信者が来てるだろ！　そいつを追い返せ！　煩いんだ！」

榊は背後を振り返る。だが、誰もいなかった。

「開けるぞ！」

九重はドアノブを捻る。

すると、扉はすんなり開いた。鍵が掛かっていなかったのだ。

榊も、九重とともに突入する。

その瞬間、つんとした臭《にお》いが鼻の奥を突いた。

「うわっ……」

九重が言っていたように、部屋の中は散らかっていた。

いいや、散らかっているなんて生易《なまやさ》しいものではない。カップ麺や弁当の空き容器が積み重なり、黒ずんだ衣服が辺りに放置されていた。

「お前達、何やってるんだ！　あいつらを追い返せ！」

大柄の男性が、部屋の隅《すみ》で小さくなりながら金切り声をあげている。彼が、通報者である大久保なのだろう。

「あいつらって、誰もいませんよ。落ち着いてください！」

「お前達には聞こえないのか！　あんなに煩い奴ら、話題と再生数が欲しいような連中だろう！」

しかし、榊が耳を澄ませても何も聞こえない。

そんな彼らの背後で、鉄の扉が閉まった。

「……これは！」

外界と隔絶された瞬間、榊の耳に飛び込んできた。耳障《みみざわ》りで不快な声の、数々が。

ある者は嘲《あざけ》り、ある者は非難し、ある者は嘆いている。

「お前なんていなければいい」「あんなことをするなんて信じられない」「お前のせいで台無しになってしまった」という声が、次々に響いている。スクープを求める配信者とは全く違う、怨嗟《えんさ》の声だ。

その声は榊の後ろから聞こえる。すなわち、扉の方から——。

「見つけたぞ。――急急如律令《きゅうきゅうにょりつりょう》。我が呪いにより解けよ！」

九重は印を切って呪文《じゅもん》を唱えたかと思うと、鉄の扉に取り付けられた新聞受けをこじ開ける。

その中から、ぶわっと黒いものが溢れ出した。

「ぎゃああっ！」

大久保が叫び、榊も声にならない悲鳴をあげる。

それは、無数の百足であった。

百足は鉄の扉をすり抜けて、大久保の部屋から去って行く。空《から》の新聞受けからは、一枚の呪符が落ちて来た。

「こんなところに……！」

「イエの中に仕掛け、イエの中だけに呪いが行き渡るようにしていたのか。だから、気配が漏れなかった……」

九重は扉を開けると、無数の脚を蠢《うごめ》かせて逃走する百足を追う。榊は大久保の方を振り返るが、彼は目を剝いて気絶していた。

「この人も、呪われていたんだ……」

榊が聞いた声は、老若男女《ろうにゃくなんにょ》様々であった。恐らく、彼によって退去を余儀なくされた人達だろう。

中には、聞き覚えがある声もあった。それは紛《まぎ》れもなく、昼間、調査に応じてくれた若者のものだった。

彼の声もまた、怨嗟を叫んでいた。「ここからいなくなればいいのに」と。

「九重さん！」

榊は一拍遅れて、九重を追う。

「やっぱり、八坂さんが……」

「あの呪符と呪いの形、同じだった」

九重は振り返ることなく、走りながら答えた。

「どうして、大久保さんは配信者だと思ったんでしょう……」

「我が身を省《かえり》みない者に、呪いの言葉は届かない」

自分が少しでも悪いと思っていたら、呪いの言葉を正しく認識出来ていたかもしれない。

だが、自分に心当たりがないので、無関係なところからやって来る過激で迷惑行為をする動画サイトの配信者だと思ったのだろう。動画サイトの配信者でそういった者は少ないが、世間ではどうしてもマイナスイメージの方が大きく取り上げられがちだ。

真っ黒な百足はもう、見えなくなっていた。

だが、九重は迷うことなく外階段を駆け上がり、屋上に向かった。屋上に通じる階段には『立入禁止』の札を下げたロープが掛かっていたが、そんなものは見えていないと言わんばかりに飛び越えてしまった。

屋上に辿《たど》り着いた途端、ひんやりとした風が榊の顔面に吹き付けた。それは大久保の部屋でまとわりついた黴臭《かびくさ》さをさらって行き、代わりに、都会に染み付く硫黄《いおう》の臭いを運んで来た。

高いビルに囲まれた屋上には、四角く切り取られたような空がぽっかりと浮かんでいた。

都会の光に照らされてぼんやりと輝く雲を、一人の男が眺めていた。

夜だというのにパステルカラーのコートはよく映《は》えていて、冗談のように鮮やかな色の髪は陰鬱な夜からやけに浮いていた。

「八坂……！」

九重が彼の名を呼ぶ。

すると、彼は振り返り、表情を輝かせた。

「庵《いおり》さん」

庵とは九重のファーストネームだ。あまりにも馴《な》れ馴《な》れしい態度に、榊はぎょっとした。

「それに、この前の不動産屋さんも。そうか、二人は知り合いだったんだね」

「そんなことは、どうでもいい」

九重は八坂をねめつけながら、バッサリと切り捨てた。

声には明らかに怒気が滲《にじ》んでいる。こんな九重を見るのは、榊は初めてだった。

「三階の住民を呪ったのは、お前だな」

「いいや。ここのマンションの住民全員だよ。僕は彼らの呪いが、正しい力を得られるように手伝っただけさ」

八坂は、さらりと呪術を使ったことを認める。彼のベビーフェイスには笑みすら浮かんでいて、榊は背筋が冷たくなるのを感じた。

笑みといっても、悪意が伝わってくる類《たぐい》のものではない。純粋な、誰もがよく浮かべる笑顔だ。

八坂からは、悪意も罪悪感も窺《うかが》えない。

「どちらにしても同じことだ。お前が手を貸さなければ、あの部屋の住民は呪われなかった」

「でも、彼がいなければ、このマンションの人々は引っ越さずに済んだんじゃないかな。それに、賃貸に出したオーナーも空《あ》き家を持て余さずに済んだと思うけど」

八坂は榊の方を見やる。

確かに、賃貸に出した部屋が空き家のままだと、オーナーの家賃収入がなくなってしまう。大久保の騒音問題は、マンションの住民のみならず、マンションと縁《えん》が繋《つな》がっている人達にも被害が及んでいたということか。

「皆、彼がいなくなることを望んでいた。彼がいない方が、幸せなんだ」

「だから、彼を呪ったのか。お前の独善で」

独善、と九重は強調した。

八坂の口ぶりだと、誰かに依頼されたわけではないのだろう。彼は善意で、人々の苦痛を取り除こうとしたのだ。

「他人の犠牲の上に成り立つ幸せを、彼を呪っていた者達は望んでいたのか？」

「人は誰しも誰かの犠牲の上で幸せになっている。でも、弱い者が強い者に蹂躙《じゅうりん》されるのが理《ことわり》だというのなら、僕はその理に反したいね」

八坂はさらりと言った。

「それで力を貸した、と」

「そういうこと」

「それは、弱者を虐《しいた》げている強者よりもお前が強いからに過ぎない。お前は、理を名分にして独善を貫いているだけだ」

九重が断言すると、八坂はひらりと両手を上げた。

「流石は庵さん。僕なんかすぐに論破されちゃうな」

八坂は屈託《くったく》のない笑みを浮かべる。

「でも、苦痛は少ないに越したことはないと思わない？　誰だって、痛い思いや辛《つら》い思いはしたくない。だから、世の中の苦痛を減らすんだ。僕はこの力で、みんなを幸せにしたい」

「誰もお前に頼んでもいないのにか？」

「人は幸せになりたいものなんだよ、庵さん」

今度は、九重が黙る番だった。

口を閉ざす九重に、八坂は肩を竦《すく》める。

「それで、僕には何の用？　挨拶しに来てくれたのなら、嬉《うれ》しいけど――」

八坂は探るように、九重を見つめた。

「妹を手にかけた僕を、殺しに来たのかな？」

「なっ……！」

成り行きを見守っていた榊は、思わず声をあげる。

今、八坂は何と言った？　妹を、手にかけた？

榊が動揺する中、九重は弾《はじ》かれたように印を切る。だが、八坂の方が早かった。

「残念だけど、僕には目的があるからね。あなたの願いを成就《じょうじゅ》させるわけにはいかないな」

八坂は屋上のフェンスをひらりと飛び越えた。

「お、落ちた……⁉」

榊は慌ててフェンスに駆け寄る。だが、落下の際の衝撃音も聞こえなければ、地上に八坂の姿もなかった。

「消え……た」

「目くらましをされたようだ」

九重もまた、榊の横に並ぶ。また、何らかの方法で認知を歪まされたのだろう。

榊は九重に尋ねたいことがいっぱいだった。

八坂とはどういう関係なのか、妹が八坂に殺されたというのは本当なのか。そして、九重は八坂を殺す気なのか。

最後の問いは、我ながら馬鹿馬鹿しいものだと榊は思っていた。常に冷静で理性的な九重が、そんなことを考えるはずがないと。

だが、フェンスを鷲掴《わしづか》みにする九重を見て、榊は言葉を失った。

あの沈着冷静な青年の双眸《そうぼう》に、燃えるような憎しみが渦巻いていたからだ。

九重に摑まれたフェンスが、ギシギシと軋《きし》む。九重の手がフェンスに食い込み、痛々しい色に変わっていたが、榊は止めることが出来なかった。

これは、呪いだ。

九重は己に渦巻く呪いと、必死に戦っているのだ。

榊はなんと声をかければいいか分からず、己の無力感に苛《さいな》まれていた。それでも、榊は九重の気が済むまで、黙ってそばにいたのであった。

第十話

九重《ここのえ》の傷

九重と八坂《やさか》が対峙《たいじ》した後、榊《さかき》は九重とまともに口を利《き》けずに別れた。

八坂が言っていた、妹を手にかけたとはどういうことか。九重に妹がいたことも初耳だったが、手にかけたというのは聞き捨てならない。

八坂と会った後、九重は明らかに、榊に対して壁を作っていた。プライベートなことだから自分で解決すると言わんばかりだ。榊は壁の向こうに踏み込みたかったが、結局、その勇気が出なかった。

下手《へた》に触れたら、九重の傷を広げてしまうかもしれない。

九重を気遣ってのことだったが、その実は、怖かったのかもしれない。

（僕が踏み込むことで、もっと厚い壁を作られてしまうかもしれない。そんな恐れが、僕を躊躇《ちゅうちょ》させたんだ）

九重は苦悩しているようだった。もしかしたら、その孤独な戦いに力添えが出来たかもしれないのに。

榊は、保身に走ってしまったのである。

「はぁ……」

どんよりと曇る空の下、重い溜息《ためいき》が零《こぼ》れた。

榊は、西新宿《にししんじゅく》にある九重の事務所の近くまで来ていた。

今日は会社の休日だ。不動産屋の榊ではなく、ただの榊としてやって来た。

「どんな顔をして会えばいいんだ」

手土産《てみやげ》のお菓子はあるものの、九重の気分がそんなもので晴れるとは思えない。

九重の事務所は、西新宿の外《はず》れにある雑居ビルの一室であった。

人通りが少ない道に面しており、手入れをされているとは思えない植木の間を縫っていくと、半地下に繋《つな》がる階段が目に入る。

その先に、事務所の入り口があった。

「今日はいるかな」

以前は、九重が留守の時に来訪してしまった。だが、今日は少し早い時間にやって来たし、九重が仕事に出る前かもしれない。

そんな気持ちで階段を下り、背筋を伸ばしてインターホンを鳴らしてみたが、反応はなかった。

「九重さーん」

念のためノックをして呼んでみるものの、誰かが出てくる気配はない。聞き耳を立ててみるものの、物音どころか人の気配を感じられなかった。

「また留守かな……」

九重のことだから鍵を開けっぱなしにしているのだろうが、菓子折りだけ置いて帰っても意味がない。かといって、九重が帰ってくるまで勝手に事務所で待たせてもらうのも気が引けた。

「でも、ビル内にはいるかも」

榊はハッと思い出す。

事務所には、二つの出入り口があった。外に面した扉の他に、ビル内に繋がっているると思《おぼ》しき扉があったではないか。

ビル内にも九重のように商売を営《いとな》んでいる者がいるようだし、ビル内で買い物でもしているかもしれない。

そう思った榊は、気づいた時にはビルの別の入り口を探していた。

「あった……」

がらんとした入り口が、ぽっかりと空虚な口を開けていた。

上階は居住エリアになっているようだが、固く閉ざされて錆《さ》びついた扉が外廊下に沿って並んでいるだけで、人の姿が見当たらない。入り口も埃《ほこり》があちらこちらに舞っていて、人が出入りしているとは思えない様子だった。

先日、九重と一緒に行った『幽霊マンション』よりも、よっぽど何かが出そうである。

「いや、むしろ逆か……」

幽霊すら出なさそうだと、榊は思った。

な廃墟《はいきょ》のようだ。

遥《はる》か昔に住民が去り、人々の記憶からも忘れ去られようとしている、がらんどう

中に一歩足を踏み入れると、どんよりとした空気が榊にまとわりついた。

ビルの中は異様に暗い。入り口と窓から零れる外界の光がうすぼんやりと辺りを照らしているだけだった。

天井《てんじょう》に照明はあるものの、蛍光灯《けいこうとう》の寿命はとうの昔に尽きていて、無数の白糸に巻かれる蜘蛛《くも》の住処《すみか》と化していた。土埃《つちぼこり》で汚れた窓枠には、翅《はね》を食い破られた蛾《が》の死体が幾つか転がっている。

死の気配が、異様に濃い。

耳が痛くなるほどの静寂に襲われた榊は、足音を立てることすら躊躇《ためら》ってしまう。

一階にも、ちらほらと店舗らしきものはあった。

しかし、今はどれもシャッターが閉まっており、色あせて読めない看板が虚《むな》しく並んでいるだけだった。その一角には廃材が積み上げられていて、ゴミ溜《だ》めのようになっていた。

人の生命活動が停止すると、死ぬというのが一般的な認識だ。

しかし、本人が死んだ後にも思い出す者がいれば、彼らの中で死者は生き続けて

いるのだろう。忘れ去られた時が、本当の死なのだ。

そういう死が、このビルの中に充満しているように思えた。

濃厚な死の気配を拭《ぬぐ》いつつ、榊は一階の奥へと進む。すると唐突に、床に闇《やみ》が拡がっていた。

下り階段だ。明かりが差し込まないせいで、数段先も見通せない。

「本当に事務所へ繋がっているのかな……」

むしろ、冥府《めいふ》まで繋がっていそうだ。

イザナギやオルフェウスは愛しいひとのために冥府まで降りて行ったが、榊に彼らのようなモチベーションはなかった。

「また、日を改めようか……」

榊は踵《きびす》を返そうとする。しかし、身体が動かなかった。

(でも、僕は九重さんのことを知りたい。彼が一人で苦しんでいるのなら、支えになりたい)

九重を思いやる気持ちが、榊の背中を押した。出口ではなく、下り階段へと歩を進めたのだ。

階段を下りると、むっとした湿気が榊を包み込んだ。埃っぽくて黴臭《かびくさ》くて、息苦しいほどだった。

しかし、踊り場までやって来ると、ほんのりとした明かりが陰鬱《いんうつ》な空気を拭い去ってくれた。

下り階段の終わりには、ほのかな明かりが灯《とも》っていた。

榊は足早に階段を下り切ると、深々と息を吐いた。まだ少し埃っぽかったが、死のにおいは薄まっていた。

半地下の廊下は、頼りない明かりがぼんやりと照らしていた。蛍光灯がジジッと呻《うめ》き声をあげながら、最後の命を振り絞るかのように瞬《またた》いている。

隅々《すみずみ》に埃が溜まっているものの、あちらこちらに生活の痕跡《こんせき》が窺《うかが》えた。

営業しているかしていないか分からない店と、薄汚れた看板が立ち並ぶ中、廊下のところどころに、古い洗濯機が置かれ、誰かの衣服が干されていた。

視界の隅で、何かが動いたような気がした。

ぎょっとして振り向くものの、視線の先にある扉がぱたんと音を立てて閉まっただけで、蠢《うごめ》いたものの正体は分からなかった。

奇妙な場所だった。

生と死が混じり合った、曖昧《あいまい》な世界のように思えた。

九重は、こんなところで生活をしているのか。

「おい」

「ひゃい！」

声を掛けられた榊は、驚きのあまり妙な声をあげてしまう。

恐る恐る顔を向けると、そこには見覚えのある青年がいた。稲穂《いなほ》色の髪をした、生命力に溢《あふ》れた若者だ。

「ジャンク屋さん……！」

九重の知り合いにして、この半地下の住民だ。榊の身体にまとわりついていた死の気配は、彼の登場によって一気に吹き飛ばされた。

榊は胸を撫《な》で下ろしたが、ジャンク屋と称する青年は怪訝《けげん》な顔をしていた。

「何処《どこ》の命知らずが迷い込んだのかと思ったが、お前か。確か、不動産屋の――」

「榊です」

「そう、榊。でも、ここでは不動産屋と呼ばせてもらうぜ」

ジャンク屋は辺りをぐるりと見回すと、意を決したように踵を返した。

「僕、九重さ――呪術屋さんに会いたくて……」

榊もまた、ジャンク屋に倣《なら》って言い換える。その様子に、ジャンク屋は深く頷《うなず》いた。

「あいつに会いに来たなんて、一目瞭然《いちもくりょうぜん》だしな。ここで立ち話もアレだし、こっちで話そうか」

「は、はい」

ジャンク屋は榊を誘導する。彼は脇目も振らず、廊下をずんずんと突き進んだ。

途中、うつむいてしゃがみ込んでいる人がいたが、前を通り過ぎても微動だにしなかった。生きているのか死んでいるのかも分からないし、こちらの様子を静かに窺っているのか眠っているのかも分からなかった。

「なんか、不思議なところですね……」

「そう感じることが幸せだと思え」

背中を見せたままのジャンク屋は、にべもなく言った。

「それって、どういう……」

「そのままの意味さ。ここが心地よさそうだと思う連中は、大抵、どこか病《や》んでいる。それで、浮世から切り離されたようなこの場所に、だらだらと住み続けちまうのさ」

九重もまた、その中の一人なんだろうか。

しかし、それよりも、目の前の青年がやけに自嘲《じちよう》気味なのが気になった。

「ジャンク屋さんも……？」

ジャンク屋は答えずに、右手をひらりと振ってみせただけだった。恐らく肯定しているのだろうと、榊は思った。

廊下の奥に、看板を出していない扉がポッンとあった。榊はその扉に見覚えがある。九重の事務所の扉だ。

「おい、呪術屋！　お前の知り合いの不動産屋が来たぞ！」

ジャンク屋は乱暴に扉を叩《たた》くが、返って来るのは沈黙だけだった。

「やっぱりいないか」

「仕事でしょうか」

「多分な。それ以外で外に出ることは、ほとんどないし」

ジャンク屋は肩を竦《すく》めた。榊の当ては、完全に外れてしまった。

「仕事以外であんまり外に出ないってことは、やっぱりこのビルに一通りのものが揃《そろ》ってるっていう……」

榊は周囲をぐるりと見回す。コンビニの類《たぐい》は見当たらないが、食事処と思しき看板は窺えた。ただし、『仕込み中』と掠《かす》れた文字で書かれた札が下がり、店内からは人の気配がしないが。

「まあ、揃っていなくもないってところだな。だが、半地下の住民にとって、外の光は眩《まぶ》しいっていうのが一番の原因だ」

ジャンク屋の店は、九重の事務所の隣にあった。

外に面してカウンターが設けられていて、その奥に商品が置かれているようだった。カウンターは金網で守られており、商品は受け渡し口から渡すようだ。

「海外のガンショップみたいですね……」

「ん？　海外に行ったことがあるのか？」

「いや、ゲームで見ただけですけど。ここ、物騒《ぶっそう》なんですか？」

「それなりには」

　何ということもない風に答えるジャンク屋に、榊は震える。

　ジャンク屋はひび割れた壁にはめ込まれた鉄の扉を開くと、榊を中へと促《うなが》す。オイルと錆《さび》の臭いが鼻を掠《かす》めたが、不思議と不快さはなく、むしろ、生活の営みを感じられて安心した。

「客を招くなんて久しぶりだからな。炭酸飲料しかないけどいいか？」

「い、いいえ、お構いなく……」

　ジャンク屋というだけあって、店内は廃品だったと思しき物で溢れ返っていた。古びたガラクタだらけだったが、どれも手入れをした後なのか一定の清潔感を漂《ただよ》わせており、ジャンク屋が商品に対して誠実であることが窺えた。

「ほらよ。座りな」

　ジャンク屋は、店の隅にあった丸椅子《まるいす》を榊に薦《すす》めた。つぎはぎだらけなのは、彼が修繕《しゅうぜん》したからなのだろうか。

工具が散らばるテーブルの上に、ジャンク屋はペットボトルから注《つ》いだ炭酸飲料がなみなみと入ったグラスを置いてくれた。榊は手にしていた菓子折りを渡そうとしたが、ジャンク屋は「それは呪術屋に渡すものだろ？」と丁寧に断った。

「また、呪術屋——九重と何かあったのか？」

「まあ、何というか……。九重さんの過去の一端に、意図せずに触れてしまったというか」

榊は乾いて粘りつく口に、ジャンク屋が出してくれた炭酸飲料を流し込む。フルーツの甘みとスパイスの刺激が絡み合い、不思議な味わいであった。しかし、炭酸の清涼感が、榊の胸に渦巻いていた陰鬱な空気を吹き飛ばしてくれる。

「あー、あいつの過去か……」

ジャンク屋は天井を仰《あお》いだ。

「ご存知なんですか？」

「それなりにには。全部は知らん。教えてくれないし」

ジャンク屋は、ペットボトルに残された炭酸飲料をグイッと呷《あお》る。

「妹さんがいたみたいで……」

「すずめ」

「えっ」

「あいつの妹の名前だよ。多分、鈴芽って書くんだと思う」

ジャンク屋はそう言って、虚空《こくう》に文字を書く。

「何処ですずめのことを？」

「八坂さんに会ったんです」

八坂の名を出した瞬間、ジャンク屋の顔が強張《こわば》った。

「八坂或人《あると》」

ジャンク屋は、炭酸飲料をすっかり飲み干したペットボトルを乱暴に机に置いた。

「呪術屋の因縁《いんねん》の相手だ」

「そう……みたいですね。妹さんが亡くなった、原因のようで」

榊は遠回しにそう言ったが、ジャンク屋はその言葉の意味を汲《く》んだようだった。

「あいつが呪術屋をやるきっかけとなった事件だな。まさか、お前から八坂の名前を聞くなんて思わなかったぜ」

「九重さんが、呪術屋になるきっかけに……？」

問い返す榊を、ジャンク屋は気まずそうに見つめていた。

彼はしばらくの間、眉間《みけん》を揉《も》んでいたが、やがて、決心したように口を開いた。

「俺が話したこと、呪術屋には言うな——いや、言っていいか。一切の苦情は俺が引き受けた方がいいな」

「そ、そこまで九重さんのプライベートに関わるのなら、聞かなくても……！」

榊は知りたくないわけではなかった。だが、九重の心の平穏の方が重要だ。

しかし、ジャンク屋は頭《かぶり》を振る。

「いいや、聞いておけ。お前は呪術屋を心配してこんなところまで来たんだろ？ その覚悟を、中途半端な気遣いで蔑《ないがし》ろにしていいのか？」

「中途半端って……」

「あいつは他人と壁を築きがちなんだ。だから、多少は土足で踏み込んだ方がいい。お前は俺と違って、一般社会に生きている光の世界の住民だ。お前の立場じゃないと出来ないことだってある」

「僕の立場じゃないと、出来ないこと……」

「それをお前に背負わせるのもまあ、気が引けるけどよ」

「いいえ」

気づいた時には、榊は身を乗り出していた。

「僕でないと出来ないことがあるなら、やらせてください。僕は、九重さんに苦しんで欲しくないので」

榊の言葉に、ジャンク屋は歯を見せて笑った。

「それでこそ、光の世界の住民だ。いいじゃねぇか」

「ひ、光の世界って、なんかむず痒《がゆ》い表現ですね。僕よりも、ジャンク屋さんの方がよっぽど陽キャっぽいというか……」

陽キャというのは、陽の気を持つキャラクターというスラングだ。主に、ジャンク屋のように明るくコミュニケーション能力がある人物を指す。

「お前らの価値観の陰陽はよく分からんけど、お天道様《てんとさま》の光が眩しくない奴《やつ》らは光の世界の住民だと俺は思うよ。俺達は、その光が辛《つら》くて地下に潜《もぐ》っちまったし」

「俺『達』――」

「呪術屋もその一人ってことだ。地下に居過ぎると、地上の光が余計に眩しくて外に出られなくなっちまう。呪術屋には、もっと外の世界に触れて欲しいんだ」

ジャンク屋から気遣いが伝わってくる。彼の言う外の世界とは、九重が自ら作った壁の向こうのことなのだろう。

「お前と接することで、あいつはかつて光の下で暮らしていた時の感覚を思い出しているんじゃないかと思う。一度、光の世界に背を向けた者が地上に戻るのは難しいかもしれないが、不可能なわけでもないだろうし、背を向けるきっかけを減らすことは出来ると信じたいね」

「それが、まさに、今回の一件なんですね」

「ああ。すずめと八坂のことだ」

ジャンク屋は、真《ま》っ直《す》ぐな眼差《まなざ》しで榊を見つめる。彼がそんな真剣な顔をするのも、榊は納得出来た。

人の過去の傷に触れるというのは、その人が背負っている重荷の一部をともに背負うということになる。その相手が大切であれば大切であるほど、背負うものは重たくなる。

九重の妹と、彼女を手にかけた八坂。太陽の下で普通の暮らしをして来た榊にとって、重たいものであることは間違いなかった。

しかし、それよりも、その重たいものをずっと抱えている九重の力になりたかった。

「……聞かせてください」

榊の覚悟は決まった。「よし」とジャンク屋は頷いた。

「俺は回りくどいのが嫌いだから単刀直入に言うが、八坂或人はすずめの想い人だった。二人は交際していたし、九重もそれを知っていた」

「へっ？」

何の前置きもなくそう教えられた榊は、思わず変な声をあげてしまった。

八坂と九重の妹が付き合っていて、九重も公認の仲だった。それなのに、八坂は想い人を殺し、九重がその相手を忌避《きひ》している。

「えっ、本当……ですか？　いや、それが本当ならば、九重さんがあそこまで取り乱したのも納得がいくんですけど……」

「俺はその場にいたわけじゃないから、本当か嘘《うそ》かは知らない。呪術屋本人がそう言ったんだ」

「それならきっと……本当ですね……」

九重がいたずらに嘘を吐《つ》かない人物だということは、榊にもよく分かっていた。

「どうして……すずめさんの想い人が、すずめさんを……」

「そこも分からん。呪術屋も分からないらしい。ただ、事実だけが残っている」

いわく、ある日、すずめは事故に遭《あ》って重傷を負ったという。それで、一命を取り留《と》めたものの、全身に麻痺《まひ》が残ってしまい、まともに意思疎通《そつう》が出来なくなってしまった。

そうしているうちに、突然亡くなったそうだ。

「事故が原因で亡くなったわけじゃなくて……？」

「ああ。容態《ようだい》はかなり安定していて、亡くなるような状態じゃなかった。すずめの死は、あまりにも不自然だったらしい」

九重は、すずめのベッドの下から呪符《じゅふ》を見つけた。九重は元々、民俗学に造詣《ぞうけい》が深くて呪術のことを知っていた。誰かがその呪符を使って、すずめに呪《のろ》いをかけたのは明らかであった。

「取り乱す呪術屋に、八坂はこう言ったらしい」


――すずめちゃんを呪ったのは僕だ。


「なっ……！」

榊は思わず息を呑《の》んだ。

「実際、八坂がやった証拠がいくつか残ってたらしいな。本人が言うように、八坂がすずめを呪ったのは間違いないとのことだった」

「だから、九重さんはあんなに……」

「いいや、それだけじゃない」

ジャンク屋は、彼にはおおよそ似つかわしくない忌々《いまいま》しげな顔で言い放った。

「八坂はすずめを呪ったことを告白した時、笑っていたんだとさ」

「笑って……いた……？」

八坂は、あの春の日差しのように爽《さわ》やかな笑《え》みを浮かべながら、九重に残酷《ざんこく》な言葉を吐きかけたのか。

「それから、九重は八坂と決別した。八坂と会ったら何をしでかすか分からないから、八坂に会わないように半地下へと逃げ込み、妹の墓標を胸に抱きながら呪術屋をやることにしたんだ」

そして、八坂もまた、九重の前から姿を消したという。

「俺は、あいつ自身のように苦しんでいる奴を救えと促したが、もしかしたら本当は、すずめのように呪われて命を落とす人間を減らしたいのかもしれないな。それがきっと、すずめへの手向《たむ》けになると思って」

「そんなことがあったなんて……」

それなのに、九重は八坂と出会ってしまった。背を向けた過去と対面し、彼は苦しんでいたのだ。

「九重さんも、呪いをかけられていたのか……」

「ん？」

ジャンク屋が首を傾《かし》げる。榊は怒りや悲しみが胸に込み上げてくるのを感じながらも、なんとか言葉を紡《つむ》いだ。

「肉親はこの世で一番縁《えん》が強い人ですよね。その肉親が縁を通わせた相手に殺されるなんて……。これは、呪いとしか言いようがないですよ」

「……そうだな。呪術屋が八坂に呪いをかけられたというのは、言い得て妙だな。

でも、あいつはあいつ自身にも呪いをかけたと思うんだ」

「九重さんが、自分自身に……？」

「あいつは、自分が無力だからすずめが死んだと思ってる」

「そんなこと……」

九重は真摯《しんし》な人物だ。きっと、すずめを助けるために全力で奔走《ほんそう》しただろう。だが、だからこそ、全力を以《もっ》てしても妹を助けられなかったことを悔《く》いているのかもしれない。

「あいつは罪悪感に苛《さいな》まれている。俺としては、この一件があいつの納得する形で決着がつくことを願っているよ」

「……僕も、そう思います」

九重がいつも、憂《うれ》いに満ちた顔をしている理由が分かった。彼はことあるごとに、亡き妹のことを思い出しているのだろう。

それから、他愛ない話をぽつりぽつりと交わすと、榊は一礼をしてジャンク屋の店を後にした。

帰り際、榊は『差し入れです』というメモを添えて、九重の事務所のドアノブに菓子折りが入った紙袋を下げたのであった。

その日の夜、スマートフォンに九重からのメッセージが届いた。

差し入れに対する簡単な礼であった。やはり、律義な人物だと榊は思った。

翌日、榊が出社すると、同僚が「お前の出社を待ってたぜ！」と熱烈歓迎してくれた。どうやら、マヨイガの物件でトラブルがあったらしい。

「トラブルって、やっぱり霊的な……」

「そうそう。心霊課の出番だと思ってさ」

「その部署名、連呼されると実在する部署になるかもしれないから……」

同僚のそれも、きっと呪いの一種だ。

実在しないものを実在するもののように扱い続けると、認知の中でそれが存在するようになる。

人が見ている世界は認知フィルターを挟んだものなので、認知の中で存在するものは実在に近い存在となるのだ。

「いっそのこと、作るか？」

柏崎《かしわざき》がさらりと言った。

「これは、認知どころか本当に存在するものに……！」

榊は戦慄《せんりつ》する。

「まあ、私の一存では無理だがな。まずは部長に掛け合ってみよう」

「いやいやいや！　心霊課は要《い》らなくないですか⁉　っていうか、柏崎さんが上司じゃないと嫌ですから！」

「私が兼任すればいい」

「う、うーん。それはありかも……」

　榊の心が揺れ動く。

「お前は呪いの件で活躍してくれているしな。いっそのこと、専任にした方がいいとすら思う」

「でも、呪われた物件がなくなったら、僕の仕事もなくなるような……」

「呪いはなくなるのか？」

　柏崎の言葉に、榊は心臓を鷲掴《わしづか》みにされた気がした。

　呪いがなくなる日は、来るのだろうか。

「創業者の一件が片付いた後も、呪われた物件が続々と見つかっているだろう」

「それは、呪術師の八坂さんが……」

「関わっているのが呪術師だろうと何だろうと、何もないところに呪いは発生しないはずだ。火のない所に煙は立たぬというように、呪いになる原因が存在しているから呪いが発生するんじゃないか？」

　柏崎の言葉は、あまりにも的を射ていた。

八坂が呪った相手は、いずれも自らに呪いを内包しているか、誰かに呪われているかのどちらかであった。八坂はそれらに、実体を与えたに過ぎなかった。

「お前の報告書を読んだが、呪術師や儀式はきっかけに過ぎないのではないかと思うよ。誰かが手を下さなくても、いずれは何らかのトラブルになっていただろう」

「それは、その……」

榊も自らの認知を歪《ゆが》ませたり、他人に憎悪を抱いたりしたことによって呪いを発生させたことがある。榊は人を害するようなことはしたくないと思ってはいるが、大切な人を守るためならば、何をしでかすか分からなかった。

「そんな中、呪術屋は、我々に理解出来ない術や儀式だけで解決しているわけではない。原因を調べて丁寧に取り除いている。そんな呪術屋の仕事を間近で見ているお前もまた、呪いが発生していそうなトラブルの対処方法を心得ていると思うんだ」

「柏崎さん……」

柏崎の瞳から、確かな信頼を感じる。榊は胸の奥が熱くなるのを感じた。

「僕、やります！　心霊課を！」

「まあ、部署を作るか否《いな》かはもっと上と相談しなきゃならないが、しばらくは呪い関係に専念してもらおう。他の仕事は別の社員に回すようにするから」

榊の隣では、同僚が「任せとけ！」と力こぶを作っていた。他の社員もまた、温かい目で頷いてくれる。

柏崎の背中ばかり追っていた自分が、まさか皆からこんなに頼りにされるとは。

榊の中でやる気が燃え上がる。

だが、それも数秒のことだった。

「いや、待てよ。ってことは、怖いトラブルは全部僕に集中するのでは……」

「そういうこと。でも、お前はおばけ苦手じゃないだろ？」

同僚が、ぽんと肩を叩く。

「誰情報!?　苦手ですけど!?」

「大丈夫だって。お前には最強の呪術屋がついてるじゃないか。式神《しきがみ》を使ったり五《ご》寸釘《すんくぎ》で相手を倒したり、領域を展開したりするんだろ？」

「……それは多分、漫画の話だから」

目をキラキラさせる同僚の視線をやんわりと遮《さえぎ》りながら、榊は連絡があったトラブルの話に耳を傾けたのであった。

霊にストーカーされている。

そんな相談を持ち込んだのは、マヨイガが管理しているマンションの一室に住む青年——渡辺《わたなべ》だった。オートロックがあり、セキュリティもしっかりしているのだが、常に自分にまとわりつく存在がいるという。

お祓《はら》いをしてもらったが効果がなく、ネットで見つけた霊媒師《れいばいし》に来てもらっても埒《らち》が明かず、藁《わら》にもすがる思いで連絡してきたという。

「お祓いも霊媒師も歯が立たないって、かなり強力な呪いかもしれませんね」

件《くだん》のマンションの前で、榊は九重に言った。

空はよく晴れていて、真昼の日差しが降り注《そそ》いでいる。心霊現象とは無縁なほど、穏やかな日だった。

ただし、雲一つない青空はやけに渇《かわ》いていて、見上げる度《たび》に奇妙な虚しさを覚えるほどであったが。

九重はマンションの外観をつぶさに眺《なが》めながら、榊の言葉に答える。

「本人の認知によるところが大きい——かもしれないな。生者の呪いは、場合によっては何よりも強力だ。お祓いや霊媒師を頼ったとしても、本人の信頼度が低ければあまり意味がない」

「ダメもとでお願いしたり、胡散臭《うさんくさ》いと思いながらだといい結果が得られないって感じですかね」

「ああ。だが、依頼者の深層心理に根差した呪いを覆《くつがえ》すほどの信頼というのは、なかなか得られるものではない」

「本人が慎重ならば尚更《なおさら》ですね」

「それか、本人や物件以外に原因があるのか――」

九重の目が鋭くなるのを、榊は見逃《みのが》さなかった。八坂の関与を疑っているのだろうか。

「そう言えば、君がくれたフクロウの姿をした最中《もなか》だが」

九重はマンションに歩を進めつつ、急に差し入れの話題へと移る。

「差し入れの件ですか？　あれ、池袋《いけぶくろ》にある三原堂《みはらどう》さんの名物なんです。可愛《かわい》いですよね」

「ああ。上品な味わいで美味だった」

九重は深々と頷く。

「僕もお気に入りなんです。気に入ってもらえて良かった」

「そんな差し入れを用意したくらいだ。俺に何か話があったんだろう？」

九重の鋭い指摘に、榊は思わず息を呑んだ。

「ま、まあ、それなりには……。でも、お節介だったかなーなんて反省しておりまして……」

「ジャンク屋から、どこまで聞いた？」

「ひぃん！」

話題から逃げようとする榊の退路を、九重が的確に塞《ふさ》ぐ。榊は観念して、九重に事のあらましを伝えた。

「すずめのことを聞いたのか」

「……す、すいません」

「…………謝ることじゃない」

九重はそう言うものの、普段よりも長い沈黙が彼の本心を表しているように思えた。余計なことをしたな、と榊は項垂《うなだ》れる。

だが、九重は真っ直ぐ前を眺めながら、淡々と続けた。

「自身の呪いで他者の呪いを解《と》く時、決まって、すずめの死に顔がフラッシュバックする」

「そうだったんですね……」

では、九重はあのお決まりの呪文を唱える時、常に痛みを感じていたことになる。冷静な表情の下で、そんな苦痛に耐えていたとは。

「あの時、俺は何よりも無力な自分を呪った。すずめにそんな結末を齎《もたら》したのは、自分の責任だと感じた。だから、呪いを見つけて解きほぐす力を得たのかもしれない。すずめのような結末を迎える人間が、二度と現れないようにと」

榊は九重の表情を盗み見る。彼は静かに前を見つめていたが、その目には憂いと決意がないまぜになっていた。

九重は、今でも妹の死を引きずっている。だが、その死因と思しき八坂ではなく、自分に呪いの矛先《ほこさき》を向けてしまった。八坂と対面した時に取り乱したのも、自らに対する激しい感情が抑えられなくなったからなのかもしれない。

一体、どこまでこの人は真面目《まじめ》なのか。

「九重さんは、八坂さんを呪おうとは思わないんですか？」

気づいた時には、そんな言葉が口をついて出ていた。榊は慌てて口を噤《つぐ》むものの、もう遅い。

だが、九重は静かに答えた。

「そんなこと、すずめは望んでいないだろう。彼女の認知の中の兄を穢《けが》してはいけない。去った者が大切にしたものを守ることが、何よりの弔《とむら》いだと俺は思っている」

「九重さん……」

「それも、自身に科した呪いの一つかもしれないがな」

九重はわずかに口角《こうかく》を吊《つ》り上げる。

今、笑ったのだろうか。それにしたって、あまりにも悲しい自嘲の笑みだった。

「さて、俺のことはさておき。今は住民のトラブルを解決しなくては」

「そ、そうですね」

九重の表情は、いつもの沈着冷静なそれに戻っていた。榊も気持ちを引き締めて、マンションに入る。

「セキュリティ会社によると、防犯カメラには何も映ってなかったそうです」

マンションのエントランスは、ほのかに外界の光が差して明るかった。大理石調の床は太陽光を反射し、エントランス全体を優しく包み込んでいる。

「うーん。おばけ、出ますかね？」

「霊の類が出そうにもないところに出たということは、雰囲気に当てられて霊を見たわけではなさそうだな」

「あっ、成程《なるほど》。確かに……」

廃墟のようなマンションであれば、多くの人が「霊が出そう」と認識し、認知の歪みによって枯れ尾花《おばな》でも霊に見えるだろう。しかし、榊達が今いるマンションは、枯れ尾花は枯れ尾花にしか見えないほど、良い雰囲気だった。

榊は監視カメラがエントランスを睨《にら》みつけているのを確認しつつ、オートロックを解除して一階の廊下へと足を踏み入れる。

すぐそばにエレベーターホールがあるが、清掃は行き届いているし照明は明るく、どこにも陰鬱さは感じられない。

榊は首を傾げながら、九重は注意深く周囲を見回しながら、すぐにやって来たエレベーターに乗り込んだ。

「うむ。今まで来た物件の中で、最も感じがいいんだけどな」

「先入観がないのはいいことだ」

腕を組んで首を傾げる榊の隣で、九重はエレベーター内をぐるりと見回す。

榊もまた、エレベーター内に監視カメラが目を光らせているのを確認した。そこにも、霊は映っていなかったという。

榊はぼんやりと、エレベーターパネルが現在の階数をデジタル表示で教えてくれるのを眺めていた。

依頼人である渡辺の住居は、最上階の十二階だ。エレベーターは優雅に、八、九、十と数字を刻んでいって――。

「あっ……」

榊は小さく声をあげた。

パネルには榊の呆《ほう》けた顔と、九重の姿が映っていた。だが、その背後に、もう一つ人影があったのだ。

榊はすぐさま、九重を小突《こづ》く。九重もまた気づいていたのか、静かに頷いた。

いる。

榊達は二人でエレベーターのカゴに乗ったのに、三人目がそこにいた。

榊は思わず、九重の上着の袖《そで》を摑む。九重は何も言わずに前だけを見ていた。

存在がやけに希薄で、そこに肉体が実在していないのは明らかであった。ショートボブヘアで、小柄な女性だった。ユニセックスなパンツスタイルで、ステレオタイプの幽霊とはかけ離れた印象だった。

その女性は、ずっとうつむいていた。目は虚《うつ》ろだが、思い詰めたように顔を強張らせているようにも見えた。榊や九重など、眼中にないようだった。

やがて、エレベーターは十二階で停止する。

戸惑《とまど》う榊であったが、九重はさっさと廊下に出てしまう。榊は慌てて追おうとするが、その横を、幽霊の女性が通り過ぎていった。

「あっ、ちょっと」

榊が引き留めようとするものの、伸ばした手は九重に遮られた。

女性は小走りで廊下の奥へ向かおうとするが、やがて、廊下を穏やかに照らす光の中に消えてしまった。

「消えた……？　それとも、見えなくなったのかな……」

「彼女はあそこまで行けないんだろうな」

九重はそう言って、女性が消えた場所へと足早に向かう。榊もついて行くと、そこはなんと、渡辺の家の前だった。

「ストーカーだったら、ここでじっとしていそうですけど……」

「そうだな。基本的に、ああいう存在は招かれなければ入れない。だから、招かれようとしたり、招かれる者に便乗しようとする」

「じゃあ、まさか……！」

榊は慌てて背後を振り返り、肩や背中の上のものを払う仕草をする。だが、九重の言葉には続きがあった。

「彼女にはきっと、その意思がないのだろう」

「ストーカーじゃ……ない？」

「恐らく」

九重はそれ以上、語ろうとしなかった。彼の中で情報の整理が必要なんだろう。

榊は渡辺の部屋のインターホンを鳴らし、不動産屋だと伝える。すると、驚いた様子で青年が顔を出した。

「この時間に来るとは聞いてたんですが、まさか玄関前に直《じか》に来るとは……」

青年――渡辺は用心深く周囲を見渡しながら、いささか非難めいた口調で榊に言った。オートロック式のマンションは、マンションの入り口でまず訪問先を呼び出すのが通例だということを、榊は思い出す。

「も、申し訳御座いません。オートロックやエレベーターの状況を見ておきたかったので……」

「いや、こちらこそ。ちょっと神経質になっていて……」

すいません、と渡辺は律義に謝った。

目の下にはクマがあり、眠れていないのがよく分かる。ストーカーの霊とやらが気になって、眠りも浅くなっているのだろう。

「立ち話もなんですし、中へ」

渡辺はそう言うものの、明らかに霊を警戒しているようだった。彼の不安げな視線は、榊と九重の背後に向けられている。

榊は九重に目配せをし、九重は頷いた。二人は渡辺に従って家の中に入るものの、玄関で大丈夫だと伝えた。

「それで、何か分かりましたか？」

渡辺は、半ば諦《あきら》めた表情で二人に問う。霊障《れいしょう》に対して不動産屋が出来ることは限られている。あまり期待していないのだろう。

単身者用の住まいのためか、玄関は狭い。靴は一人分しか見当たらず、隅には盛り塩が添えられていた。取り替えたばかりなのか、真っ白な塩は照明を受けてキラキラと輝いている。

榊は一瞬、これのせいで女性の霊が入れなかったのかもしれないとも思ったが、すぐに打ち消した。そういう先入観が、呪いを生み出すのだ。

「いくつか、質問をしてもかまわないか？」

九重が口を開く。渡辺は、黒衣の相手を胡乱《うろん》げな眼差しで見つめた。

「ええ、どうぞ……」

「件の霊に会った。彼女は、生霊《いきりょう》だ」

「ええっ」

榊と渡辺の声が重なる。

「生霊って、生きている人間が霊になるっていうやつですよね……」

榊の言葉に、「ああ」と九重は頷いた。

すると、渡辺はがっくりと膝《ひざ》をつく。自らの身体を抱き、恐怖に震え始めた。

「じゃあ、俺を追って来たのか……。遠く離れたところに引っ越したのに……」

「心当たりがあるようだな」

九重の問いに、渡辺は項垂れるように頷いた。

「……俺は元々、西の方に住んでたんです。でも、転職で東京に引っ越すことになって……。その時に、悪縁も切れたと思ったのに……」

「悪縁だなんて、穏やかじゃないですね……」

眉《まゆ》をひそめる榊に、渡辺は悲しげに嗤《わら》った。それは、九重が先ほど一瞬だけ見せた自嘲の笑みによく似ていた。

「ちょっとしたコミュニティに入ってたんです。みんなでバーベキューをしたり、キャンプをしたり、仲間と一緒に他愛のない日常を楽しく過ごす、そんなコミュニティに。でもそこで、困ったことがあって」

「困ったこと？」

「ある女性に、想いを寄せられてしまって」

「こ、困ったこと……？」

いいじゃないか、と榊は思ってしまった。

今はやつれているものの、渡辺は間違いなくイケメンの部類に入る。イケメンだからモテて困るという話かと思ってうんざりしそうになったが、渡辺の心底くたびれた目を見ると、そう単純なことではないことが分かった。

その女性の名は、葛西《かさい》といった。

彼女はコミュニティの中でも目立つ存在だった。オシャレで可愛らしく、常に自分の意見を発信し続け、コミュニティを動かしていた。

しかし、渡辺の目には、葛西は他人の心を掌握するのに長《た》けているようにしか映らなかった。実際、彼女をチヤホヤするのは男性ばかりで、女性からはそれとなく避けられていた。

彼女の我《わ》が儘《まま》に、コミュニティの男達が動く。それに辟易《へきえき》してか、コミュニティと疎遠《そえん》になる女性もいた。

だが、渡辺は我が儘を聞く男達を責められなかった。実際、葛西は愛嬌《あいきょう》があり、彼女を喜ばせることで彼らが幸せになるのも分かるような気がしていた。

それでも、渡辺は彼女の取り巻きの一人になるつもりはなかった。他人を思いのままに操《あやつ》る人間は好みではなかったし、彼は別の女性に想いを寄せていた。

葛西とは正反対の、地味だが爽やかで、理知的な女性だった。

彼女が同性であっても、きっと惹《ひ》かれていただろう。彼女と話すと時間を忘れ、彼女といると何よりも安らげた。もし、彼女と家庭を持てるのならば幸せだろうと思うこともあった。

だが、そんな思いの丈《たけ》を告げられないまま、悲劇が起きた。

「私ぃ、渡辺君が好きなの」

皆でキャンプファイヤーを囲んだ時だったか。想い人は誰かという話題になり、葛西が甘ったるい声で告白したのは。

その場の空気が凍《こお》ったのを感じた。

男達は顔を引きつらせ、濁《にご》った目を渡辺に向ける。女性達は困惑しつつも取り繕《つくろ》おうとするかのように、曖昧な笑みを浮かべていた。

そんな中、葛西は熱っぽい眼差しを渡辺に向けていた。それは、想い人に向ける眼差しではない。「あなたがすべき行動は分かるわよね」という強迫に近い視線だった。

渡辺は答えに窮《きゅう》する。助け舟を求めるように、想い人の方へと視線を向けようとしたその時、取り巻きの男の一人が言った。

「おめでとう！」

彼の一言を皮切りに、男達は立ち上がって拍手をし始めた。

「そうか、渡辺のことが好きだったんだね。好きな相手に想いを伝えられてえらい！」

「ちょっと寂しいけど、君が幸せならオッケーだよ！」

葛西の背後から、祝福と喝采《かっさい》の嵐が、渡辺に押し寄せる。

異様な雰囲気だった。女性達は顔を見合わせ、まばらな拍手を始めた。葛西は、「みんな有り難う！」と涙を滲《にじ》ませながら喜んだ。

渡辺の返答なんて、誰も待っていなかった。渡辺の気持ちなんて、誰も汲んでくれなかった。

祝福というのは、こんなに押しつけがましくて恐ろしいものなのか。

男達のポジティブな言動の裏には、羨望《せんぼう》と嫉妬《しっと》がありありと感じられた。彼らは負の感情を誤魔化《ごまか》すために、『推《お》しを応援する大人な自分』に酔っているのだ。そうでないと、負の感情に呑み込まれてしまうから。

その結果、渡辺は欲しくもない祝福を受けていた。

こんなの、呪いじゃないか。

これでは、渡辺は断れない。断ってしまったら、きっと葛西は泣き出すだろう。そうすれば、その場の雰囲気が損なわれてコミュニティが壊れてしまう。

そうならないためにも、葛西劇場の筋書きに従わなくてはいけない。

だが、自分の気持ちに嘘はつけなかった。「そ、そうだったんだ」と曖昧に笑ってかわした。

それでも、肯定的に受け取られたらしい。「これからは二人を応援するぜ！」と男達は盛り上がった。

渡辺は動揺しつつ、想い人の方を盗み見る。すると、彼女もまた、他の女性達と同じように曖昧な笑みを浮かべてまばらな拍手をしていた。

渡辺は、そこで彼女の心が自分から離れてしまったと確信した。

コミュニティにいる理由がなくなり、東京の会社に転職し、葛西を含むコミュニティのメンバーのSNSアカウントをブロックして引っ越した。

だが、ただ一人、想い人のアカウントだけはどうしてもブロック出来なかった。

全《すべ》て話し終わると、渡辺は両手で自らの顔を覆《おお》う。

「馬鹿みたいな話でしょう。俺は何もかもから逃げ出してしまった。葛西さんにだって、ちゃんと断ればよかったのに。こんな曖昧なことをして……。結局のところ、俺も彼らと変わらないんです。他人の顔色ばかり窺う臆病者《おくびょうもの》だから、遠く離れた地でも葛西さんに追われている……。それに、本当にそばに居たかった人も自ら手放してしまった……」

渡辺いわく、想い人からは一度も連絡が来ていないという。失望されてしまったのだろうと渡辺は言った。

「ふむ、成程な……」

九重は相槌《あいづち》を打つものの、納得していないように眉をひそめていた。

「では、生霊が葛西という人物のものだと仮定して、君は彼女をどうしたい」

「出来れば、祓って欲しいです。もう関わりたくないですし。でも、曖昧にしてしまった俺にも責任があります。彼女と向き合えるなら、ちゃんと想いを伝えたいんです」

すなわち、恋慕《れんぼ》の情に応《こた》えられないときっぱり伝えたいのだろう。

「エレベーターに乗る度に、彼女の長い髪が俺にまとわりつく感じがするんです。彼女がよく穿《は》いていたロングスカートが、視界の隅にチラつく気がして――」

「えっ、待ってください」

榊は思わず声をあげた。渡辺は不思議そうに顔を上げる。

「僕達が見たのって、髪が短いパンツスタイルの女性でしたよね？」

榊が九重に確認すると、「ああ」と九重は頷いた。

「短髪で、パンツスタイル……？」

渡辺は、信じられないものを見るような目で、二人を見つめた。

「まあ、短髪っていっても、ベリーショートとかじゃないですけど」

「もしかして、ショートボブですか？」

「そう、そうです」

榊が頷くと、渡辺は目を見開き、スマートフォンを取り出す。彼は何度も画面をフリックし、スマートフォンを落としそうになりながらも一枚の画像を榊と九重に見せた。

「もしかして、こんな女性でしたか？」

映っていたのは、ショートボブでユニセックスな服装の、小柄で爽やかな女性だった。画像の快活な表情と、エレベーターで見た思い詰めた表情は天と地ほどの差があったが、間違いなく同一人物だった。

「そうです！　この人です！」

「そんな……。彼女は、俺の想い人です……」

渡辺と榊は、お互いに信じられないような目で見つめ合う。その間に割って入るように、九重が口を開いた。

「君は、エレベーターで件の女性をハッキリと見たことは？」

「お恥ずかしながら……、直視出来ずにいました。女性がいるという気配だけは感じていたんですが……」

「あの、渡辺さん。差し支えがなかったら、葛西さんのSNSのアカウントを教えてください。僕が彼女の現状を確認してみるので……」

榊の申し出に、渡辺は言われるままに葛西のアカウントを教える。榊は自分のスマートフォンで彼女のアカウントを見つけ、「おおう……」と呻いた。

「な、何か……」

渡辺は、恐る恐る尋ねる。最悪の事態を想定しているのだろう。

「彼女は今、コミュニティのリーダーになってるみたいですね。大勢の人に囲まれて、めちゃくちゃ楽しそうな写真を撮ってます」

「へ？」

渡辺は目を丸くした。榊がスマートフォンを手渡すと、促されるままに画面を見やる。

「ほ、本当だ。メンバーはかなり入れ替わってるけど、充実した顔をしてる……」

過去の投稿にさかのぼると、彼女はちゃっかり彼氏を作っていることが判明した。今は同棲《どうせい》しているようで、自分達を可愛らしく加工した写真をアップしていた。

渡辺への未練は皆無で、とても生霊を飛ばしてストーカーしているようには見えない。

「君は、葛西という人物について、罪悪感も抱いていたのだろう。だからこそ、彼女に違いないと自らに呪いをかけていたんだ」

「じゃあ、俺のそばにいたのは——」

渡辺が口を開いたその時、ドンドンと扉をノックする音がした。次いで、インターホンの呼出音が室内に鋭く響く。

「ひっ」

渡辺は身を竦める。頭では分かっていても、心に刻まれた恐怖は簡単に消えない。


「大丈夫です、渡辺さん。扉の向こうにいる人は、葛西さんじゃないです！」

榊は覗《のぞ》き穴から外を見て、ドアノブに手を掛ける。

「でも、俺が想い続けていたあの人が、俺のところに来るなんて思えない……！

連絡も来ないし、きっと俺は見捨てられて――」

「榊、扉を開けろ！」

九重はそう叫ぶと、印を結ぶ。

「急急如律令《きゆうきゆうによりつりよう》。我が呪いにより解《ほど》けよ！」

九重が渡辺の呪いを解いたのと、榊が扉を開けたのは同時だった。

明るい日差しとともに、爽やかな風がさあっと玄関に入り込む。外界の光を背に立っていたのは、ショートボブの女性だった。

「晴陽《はるひ》……！」

それは、渡辺の想い人の名だった。

渡辺はふらつきながらも身を起こし、よろめきながら彼女に歩み寄る。

『ずっと、キミに会いたかった……！』

晴陽の生霊は破顔したかと思うと、渡辺に飛び込もうとする。渡辺は両腕を拡げて、彼女を受け止めようとした。

柔らかい日差しの中、彼女は渡辺の胸にすうっと溶け込む。それっきり、彼女は消え、そよ風が渡辺の前髪を優しく撫でていた。

渡辺の頬《ほお》を、一筋の涙が伝う。

彼は、震える唇でこう言った。

「好きだったのは俺だけじゃなかった……。彼女も俺と同じで、ずっと本当の気持ちを表せなかったんだ……」

渡辺はくずおれ、すすり泣き始める。

彼の涙が玄関を濡《ぬ》らしたが、それは陽光を受けて輝き、彼らの未来を照らしているかのようだった。


その後、渡辺は榊と九重に何度も礼を告げ、晴陽と連絡を取ることを決意した。

また同じような現象に悩まされたら連絡して欲しいと榊は言ったが、女性の生霊は二度と出ないだろうと確信していた。

「今回は、本当に解決して良かったですね。想いがすれ違ったままというのは悲しいですし」

榊は心底安堵《あんど》した。解決した先に、幸福な未来が予感出来るから。

「でも、晴陽さんも凄《すご》いですよね。生霊を飛ばせるくらい想いが強いなんて」

「……あの生霊、知っている気配を感じた」

「え……？」

榊は首を傾げながら、オートロックの自動ドアを抜けてエントランスへと向かう。そこで、何者かが佇《たたず》んでいるのに気づいた。

九重が立ち止まり、その人物を見据《みす》える。

穏やかな光の下で、春めいた髪色の青年が佇んでいた。

「八坂さん……どうしてここに……」

「それはこちらの台詞《せりふ》だよ。尤《もっと》も、庵《いおり》さんと君が問題を解決してくれたようだけど」

「問題って……」

二人が解決した問題なんて、一つしかない。

「まさか、晴陽さんの生霊に関わっていたんですか……？」

九重の知っている気配というのは、八坂の呪いの気配のことだったのか。八坂は、肯定するように微笑《ほほえ》んだ。

「お前は彼女に手を貸した。だから、一介の人間が強い執念《しゅうねん》を飛ばし、生霊になれたんだ」

九重は八坂をねめつける。だが、八坂は笑顔を保ったままだった。

「流石《さすが》は庵さん。お察しの通り、僕は彼女に力を貸したんだ。彼女は、片想いをしていた相手に気持ちを伝えられず、傷ついていたからね」

晴陽もまた、渡辺のことを好ましく思っていたという。だが、葛西とその取り巻きの威圧感から、あの場は祝福するしかなかったそうだ。

彼女はずっと、そのことで悩んでいた。自分に素直になれなかったことを悔《く》やみ、その罪悪感から渡辺に連絡を取れずにいたのだ。

「言葉では気持ちを伝えるのが難しい。一つの言葉でも、相手の捉《とら》え方によって意味が変化してしまう。どうにかして、素直な気持ちを伝えたい。心を彼のもとに飛ばせればいいのに――というのが彼女の願いさ」

「だが、相手は自らに呪いをかけていたため、真実に気づくことは出来ず、彼女の願いを受け止められなかった……」

九重が続きを紡ぐと、八坂は破顔した。

「その通りだよ。どうやって彼と接触しようか悩んでいたところを、庵さんと榊君が解決してくれたわけさ。二人は想いが通じ合ってハッピーエンド。二つの痛みが取り除かれたようで良かった」

榊は、八坂の表情を注意深く観察する。彼の口から語られるのは真実のように見えたし、彼の笑みは心からの喜びを表しているようだった。

だからこそ、榊は分からなくなる。

恐ろしい呪いをかけて回った相手なのに、今の彼から感じられるのは絶対的な善性だった。

「晴陽さんを生霊にしたのも、八坂さんの呪いなんですよね……？」

「そう。彼女の想い人に対する執念を増幅させたのさ。想い人と接触するのに二の足を踏んでいたようだから、背中を押したんだよ」

八坂はあっけらかんとした表情だった。

「でも、呪いは、一歩間違えれば人の命を奪いかねないのに……」

「彼女は、想い人を傷つけたくないという強い意思を持っていたからね。実際、想い人に危害を加えてないだろう？」

それは間違いなかった。彼女は渡辺が心を開きかけるまで、扉の前で消えるほどの慎《つつ》ましやかさを持っていた。

「……彼女は無事なのか？」

九重が問う。すると、八坂は軽く肩を竦めた。

「生霊を飛ばすくらいだから、多少衰弱はしているけど、命に別条はないはずだよ」

榊は九重に目配せをする。晴陽に何かあったとしたら、渡辺が榊に連絡をくれるはずだ。

「信用ないな。呪術師の家系という出自《しゅつじ》で悩むこともあったけど、庵さんが力の使い方や前向きな考え方を教えてくれたし、今はそれを最大限に活かしているつもりだよ」

八坂の言葉に、九重の眉間の皺《しわ》が深くなる。九重からぴりりと感じる怒気に、榊は息を呑んだ。

八坂からは、九重に対する尊敬の念が伝わってくる。

それなのに、どうして――。

「どうして……」

「ん？」

榊は口から漏《も》れた疑問を、呑み込むことが出来なかった。

「どうして、すずめさんを殺したんですか？」

その場の空気が、しんと静まり返る。

太陽はいつの間にか、薄雲の中に身を隠していた。少し冷たくなった風はエントランスに入り込み、オートロックの扉に阻《はば》まれて戸惑うように渦巻いた。

「どうしてって、簡単なことさ」

八坂は、先ほどまで地上を照らしていた陽光と変わらぬような瞳を、二人に向ける。

「彼女が死を望んでいたからだよ」

「……っ！」

榊は言葉を失う。九重もまた、目を見開いて八坂を凝視《ぎょうし》していた。

「彼女は家族や身近な人に迷惑をかけることに、負い目を感じていた。だから、僕に全てを終わらせるように頼んだのさ」

「そんなこと……」

九重は明らかに動揺していた。その証拠に、それ以上、言葉を紡げなかった。

だが、八坂は二人に構うことなく、「じゃあ、僕の仕事は終わったから」と踵を返して去って行く。

雲はいつの間にか厚くなり、空を灰色に染め上げていた。

第十一話

すずめの足跡

その日、九重《ここのえ》とは無言で別れてしまった。

榊《さかき》は九重を支えたいと思ったが、八坂《やさか》の言葉は榊自身も呑《の》み込めないものだった。

肉親を手にかけた相手は、当の本人から頼まれたことだと言っていた。それを聞いた九重の苦しみは、計り知れないものだろう。

「無力だ……」

自分に何が出来るだろうか。

榊は、会社のデスクトップをぼんやりと眺《なが》めていた。

「おい、心霊課」

同僚が小突《こづ》くが、その部署名すら今は虚《むな》しい。

「うう……、僕は何一つ出来ないゴミムシなんだ……。心霊課じゃなくて、無能課って呼んでくれよ……」

「何悩んでるのか知らないけど、後で相談に乗るぜ。まあ、それはさておき、お前に客だ」

「僕に？」

榊はのろのろと顔を向ける。受付には、黒衣の男が立っていた。

「九重さん！」

思わず起立し、受付へ向かう。

九重はいつもと変わらぬ姿に見えたが、どこか憔悴《しょうすい》しているようだった。きっと、眠れなかったのだろう。

「その、僕は……」

声をかけあぐねていると、九重は榊に紙袋を差し出した。

「えっ？」

「先日の礼だ。それに、君を個人的なことに巻き込んでいるからな。その詫《わ》びだと思ってくれ」

「い、いや、そんなの受け取れませんから！」

榊は慌てて菓子折りを断ろうとするが、九重が無言でずいっと突き出すので、迫力に負けて受け取ってしまった。

「フルーツ大福だ……」

「日保《ひも》ちしないから、皆で早く食べてくれ」

それを聞いた同僚達は、「あざまーす！」と元気よく頭を下げた。

「有り難う御座います。わざわざ、みんなの分まで……」

「世話になっているからな」

「それはこっちの台詞《せりふ》ですから！」

九重はマヨイガ以外にも得意先がありそうだが、マヨイガには九重しかいない。どう考えても、九重の貢献度の方が高かった。

「……それだけだ。では」

九重は踵《きびす》を返そうとする。だが、榊は彼が少しだけ躊躇《ちゅうちょ》を見せたのを見逃《みのが》さなかった。

「あ、あの」

「ん？」

「よろしかったらお茶でも……！」

「流石《さすが》に、業務の邪魔になるだろう」

「構いませんよ」

間髪容《かんはつい》れずにそう言ったのは、柏崎《かしわざき》だった。

「九重さんのお陰で我々の業務が大変スムーズになっているので、お茶をお出ししてもお釣《つ》りが来るほどです」

いつの間にか立ち上がっていた柏崎は、榊の隣まで歩み寄り、彼の背中を軽く叩《たた》く。

「うわっ」

「もし必要であれば、弊社の榊をお貸ししますよ」

柏崎の申し出に、榊は目をパチクリさせる。すると、柏崎は榊に耳打ちをした。

「九重氏は、何かお前に相談したいことがあるんじゃないか？　だったら、乗ってさしあげるんだ。お前では難しいことがあったら、こっちに回せ」

「柏崎さん……」

九重が名残惜《なごりお》しそうな仕草をしていたのは、榊も気づいていた。何とか力になれないかと思っていたが、柏崎の援護があると心強い。

榊は柏崎の方を見やり、こくんと頷《うなず》いた。

「よし。九重さんを応接室にお通ししろ。あそこの方が落ち着くだろう。いいソファを並べているしな。部屋は私の名前で押さえておく」

柏崎は再度榊の背中を叩き、自らの席に戻って行った。

「それじゃあ、私がお茶をお持ちしまーす」

若い女性社員は元気よく手を上げて、給湯室へと向かう。だが、他の女性社員もまた、「私もやる！」「未開封の一番高いお茶をお出ししよう！」と給湯室へとなだれ込んだ。

アンニュイな美男子へ、我先にとお茶出しをしたがる様子に乾いた笑《え》みを零《こぼ》しつつ、榊は九重を応接室に案内する。

低いテーブルに高そうなソファが並んでいる。九重を上座に促《うなが》し、榊はその対面に腰を下ろした。

「おお……、ソファが深く沈み込む……！」

臀部《でんぶ》をそっと包み込むソファに感動していると、若い女性社員が軽い足取りでお茶を運んで来た。ご丁寧に、お菓子まで添えられている。

「流石は九重さん。お茶汲《く》み争奪戦も、勝手にお菓子のオプションを付けられるのも、初めてのことですよ」

「……君への礼を持ってきただけだったんだが」

VIP待遇に対して、九重は些《いささ》か申し訳なさそうに茶を啜《すす》った。

「いやいや、こっちが勝手におもてなしをしたいだけなんで……。それよりも、もしかして他に用事があるのかと思って」

「……そうだな」

九重は、観念したように息を吐いた。

「俺が以前、住んでいた土地に赴《おもむ》こうと思っている」

「もしかして、すずめさんと住んでいたところ……ですか？」

「ああ」

九重は静かに頷いた。

「八坂が言っていたことが本当なのか、確かめる必要がある。そのために、すずめの残留思念を異界で探そうと思う」

「そんなことが出来るんですね……！」

「出来るかもしれない、といったところだな。俺は彼女の家族だから、成功する確率は高い」

すずめが亡くなったのは病院だが、その後に幾人もの患者が出入りしているはずなので、痕跡《こんせき》が上書きされている可能性があるという。残留思念を探すというのは、足跡を探す行為に近いそうだ。

「俺達が住んでいた家は、ここからそれほど遠くない。だが――」

「だが？」

「今は他人の手に渡っている」

「あっ、成程《なるほど》……！」

榊は、九重がマヨイガに来た理由が分かった。

呪《のろ》いや霊は、招かれないと入れない場合がある。きっと異界の探索も同じなんだろう。

「今の持ち主に許可を取りたいってことですかね」

「ああ、その通りだ。俺は業者に土地を売却していて、その業者が、今の持ち主に売却したらしい。だから、俺は今の持ち主とは面識がない。俺が直接交渉したら、こじれるだけだと思ってな」

「成程……」

九重に頼りにされたことは嬉《うれ》しかったが、そんなこと出来るだろうか。

今の持ち主から土地に入る許可を得るなんてイレギュラーな仕事だし、どう説明したらいいか分からない。

(いや、やらなくちゃ)

真実を語っても断られるのは目に見えている。尤《もっと》もらしい理由を添えて、敷地の中に入らせてもらう許可を得なくては。

幸い、上司の柏崎は協力的だ。自分では力が及ばないところはフォローしてもらおう。

「任せてください」

榊はどんと己《おのれ》の胸を叩く。大舟に乗ったつもりで待っていてくれと言わんばかりに。

閑静《かんせい》な住宅街に、目指す土地はあった。

九重家の建物は取り壊され、よく見るデザインの三階建ての家が、敷地いっぱいに建っていた。

住んでいたのは、四人家族だった。応対してくれたのは、赤ん坊を抱いた若い女性――家主の妻だった。

「タイムカプセルを回収したいんですって？　ごめんなさいね。うちは庭はあれしかないんですよ」

女性が指し示した庭は、ところどころに芝生《しばふ》が生《は》えているものの、手入れをしなくなって久しいようだ。

「芝生は気にしなくていいですからね。いずれ植え替える予定なので。こまめにメンテナンスをしたかったんですけど、私も夫もそんな余裕がなくて」

女性は悩ましげに溜息《ためいき》を吐《つ》く。すると、家の奥から「ねー、おやつ！」と女児の声が聞こえた。女性は「お母さんはおやつって名前じゃないわよ！」と声をかけると、榊と九重に向き直る。

「何のお構いも出来ずにすいません。タイムカプセル、見つかるといいですね」

「お気遣い有り難う御座います」

榊と九重が頭を下げると、女性もまた善良そうに微笑《ほほえ》み、静かに扉を閉める。

ほっと息を吐く榊を、九重はじっと見つめていた。

「タイムカプセル……」

「そ、それしか思い浮かばなかったんですって！　ファミリーでお住まいだったし、微笑ましい気持ちで入らせてくれるかなって……！」

「君が何故《なぜ》、スコップを持っているのか合点《がてん》がいった。まあ、いいだろう」

九重は眉間《みけん》を揉《も》む。榊的には良い作戦だと思ったが、冷静になってみると、クールな美男子がタイムカプセルを探しに来たなんてシュール過ぎるだろう。

「それにしても、懐かしいな。すっかり様変わりしたが、俺はかつて、ここに住んでいた」

九重が遠い目になる。

「両親は早世《そうせい》して、すずめと二人で暮らしていた。俺は民俗学の研究をしていて、妹は大学に通いながらアルバイトをしていた。苦しい生活だったが、それなりに穏やかでもあった……」

九重は小さく呪文《じゅもん》を唱える。

すると、禿《は》げかけた芝生が揺らぎ、三階建ての家も霞《かすみ》となって消え失《う》せる。昼間だった空は夜になり、気づいた時には古い木造の家屋が佇《たたず》んでいた。

周囲があっという間に変貌《へんぼう》し、榊は目を丸くする。

「まさか、異界……」

「ああ。すずめの残留思念を捉《とら》えて、土地の記憶を呼び起こした。君のタイムカプセル探しというのは、言い得て妙かもしれないな」

九重は木造家屋の縁側《えんがわ》を見やる。

すると、そこには黒髪の若い女性がいた。すずめだ。

背中の辺りまで伸ばした黒髪は艶《つや》やかで、白い肌によく映《は》えた。目鼻立ちは作られたように整っており、儚《はかな》げな微笑を湛《たた》えていた。

彼女の容姿は、九重によく似ていた。流石は兄妹だと、榊は思った。

「兄さん」

すずめは九重を呼ぶ。だが、それは榊の隣にいる九重ではなかった。

異界の記憶の断片が、過去の九重を再現する。すずめに呼ばれた九重は、今よりもずっと穏やかな面持《おもも》ちであった。

「今日ね、大学の友達を連れて来たの。兄さんに紹介したいんだけど」

すずめが連れて来た人物に、榊は「あっ」と声をあげた。

それは、八坂だった。彼は、今と変わらぬ春色の髪であったが、今よりも遠慮がちで自信なさげな笑みを湛えていた。

「すずめが、八坂を初めて連れて来た日の記憶だな。俺もすずめも、この土地で何回もその日のことを思い出したから、土地が鮮明に記憶していたんだろう」

九重がそう言い終わると同時に、彼らの姿が揺らぐ。

過去の九重とすずめが、縁側に座っていた。二人は並んで麦茶を飲んでいた。

「兄さん、或人《あると》君をどう思った？」

すずめに覗《のぞ》き込まれ、九重はじっくりと考え込んでから答えた。

「誠実そうな人物だが、大きな悩みを抱えているようだな」

「やっぱり。兄さんもそう思ったのね。私も」

しかし、八坂は自分が抱え込んでいるものを話したがらないという。すずめはそんな彼を心配していた。

「或人君、いつか悩み事に圧《お》し潰《つぶ》されちゃいそうで心配なの。異性だと相談し辛《づら》いことかもしれないし、兄さんに紹介したんだけど」

「役に立てなくてすまない」

「そんな、すぐに分かるなんて思ってないし！」

すずめは兄を気遣うように、ぽんぽんと背中を叩いた。

「私も、もっと彼のことが分かるようになれればいいなって思う。彼の痛みを取り除いてあげられたら、私は嬉しい」

「そうだな……」

すずめの表情は、心底八坂の幸福を祈っているようだった。そんな彼女を見て、榊もまたすずめに惹《ひ》かれるのを自覚した。

彼女は他人の痛みを自分のことのように悲しみ、その痛みが取り除かれることを幸福に想う人なのだ。

気づいた時には、榊達は座敷にいた。そこでは、過去の九重と八坂が対面していた。

八坂は思い詰めたような表情をしている。今は常に笑顔の彼も、こんな顔をすることがあったのかと榊は驚いた。

「それで、君は呪術師《じゅじゅつし》の家系だと――そういうことか」

過去の九重は、眉間を揉んだ。八坂は罪悪感に打ちひしがれたような顔で、土下座《どげざ》をせんばかりに項垂《うなだ》れていた。

「そうなんです……。僕は、すずめちゃんのことを大切にしたいと思ってます。でも、そんな穢《けが》れた家系では彼女に相応《ふさわ》しくないのではと思って……」

「君は何か勘違《かんちが》いしているな」

「えっ？」

「呪術は人を害すだけのものではない。人を守るためにも使われていた。神社や寺院でお馴染《なじ》みのお守りや絵馬もまた、呪術の一つだしな。重要なのは、呪術をどう扱うかだ。包丁で人を刺して害すことも、料理を作って人を癒《いや》すことも出来るようにな」

「使い手の心がけ次第……ということですかね」

「そうだな。君が呪いの力を人のために使えるのなら、俺はそれでいいと思っている。それに、君が呪いの力を人のために使えると思っているから、すずめは君を選んだんだ」

「庵《いおり》さん……」

八坂は胸を打たれたのか、両眼に涙を湛える。これは、八坂が九重に認められ、すずめと交際するきっかけになったところなのだろう。

そんな追想を、現在の九重は難しい顔で見つめていた。

ほどなくして、過去の彼らは掻《か》き消えて、場所は病院になった。砂嵐のようなノイズが混じり、古ぼけた写真のようなセピア色の追想だった。

「この土地に刻まれた、土地の縁者の記憶だろうな。土地自体が直接記憶したわけではないから、こんなにも不鮮明なんだろう」

九重は冷静さを装いながらも、ぎゅっと拳《こぶし》を握った。

（そうか……。九重さんはここから先を見る勇気がなかったのか……）

何故、今まで九重がすずめの残留思念に接触しなかったのか。土地の所有権の問題もあったのだろうが、恐らく、すずめの死と向き合うことが出来なかったのだろう。

だが、彼はようやく、その先へと行こうとしているのだ。

「大丈夫。確かめましょう、真実を」

榊は九重の拳に、己の拳を軽く重ねる。

「そうだな。有り難う」

九重は頷き、少しだけ拳から力が抜けた。

彼らの目の前には、患者用のベッドがぽつんとあった。がらんとした個室に、虚《うつ》ろな目のすずめが横たえられていた。

その身体には、たくさんの機械が繋《つな》がっていた。

ただでさえ色白だった彼女の肌は、一層血の気が失せて、物言わぬ人形のようにも見えた。

「すずめは事故に遭《あ》い、重傷だった。一命は取り留《と》めたものの、自ら動くことはまならず、会話をすることすら叶《かな》わなかった。そして、回復する見込みも――」

セピア色の風景の中では、過去の九重がすずめに必死に話しかけていた。口下手《くちべた》な彼が一生懸命話題を作り出し、虚空《こくう》を見つめるだけのすずめが退屈しないようにと語りかけていた。

だが、その甲斐《かい》虚しく、すずめは無反応だった。九重は毎日のように訪れるが、日に日にやつれていくのが目に見えて分かった。

きっと、すずめのことを案じるだけでなく、治療費を稼ぐべく奔走《ほんそう》していたのだろう。九重が説明せずとも、彼の性格からして充分あり得ることだった。

だが、そんな九重と交互に、八坂も病室を訪れていた。彼は呪符《じゅふ》やら呪具《じゅぐ》を大量に持ち込み、古い書物を眺めながらすずめに何かを働きかけていた。

「これって、もしかしてすずめさんを呪って……！」

榊は固唾《かたず》を呑む。だが、九重は目を見張ったままこう言った。

「いや、違う。これらは皆、回復を促すものだ……。悪しき者達を祓《はら》い、病人や怪我人《けがにん》を回復させるための呪術だ……」

「それじゃあ……」

八坂は九重に言われたように、自らが受け継いだものを大切な人を助けるために使おうとしていたのだ。

彼は何度も別の呪術を試み、すずめが良くなるように願った。だが、彼の努力も実を結ばず、九重と同じように日に日に追い詰められていった。

そんなある日のことだった。

「ダメだ……！」

八坂はすずめの前で嘆いた。

「やれることは全部やったけど、全然成果が出ない……。こんな時こそ、庵さんが言ったように呪術を役立てるべきなのに……！」

　項垂れる八坂であったが、その時、すずめの指先がピクリと動いた。八坂はそれに気づき、表情を明るくする。

「すずめちゃん……！」

　だが、すずめは虚空を見たままだった。それでも、身体が動いたことは奇跡に等しく、八坂は慌ててスマートフォンを取り出した。

「庵さんに連絡しなきゃ。もしかしたら、少しずつ良くなって――」

　そんな八坂の行動を止めるかのように、すずめの喉《のど》からひゅっと呼吸音が聞こえた。

　彼女の乾いた唇は、掠《かす》れた声を紡《つむ》いだ。

「ごめん……ね」

「えっ……？」

「もう、ねむらせて……」

「すずめちゃん！」

　八坂はすずめに呼びかける。だが、彼女は物言わぬ状態に戻ってしまった。

　瞬《まばた》きをしない乾いた目から、一筋の涙が零れる。

きっと、動かぬ身体で、必死に紡いだ言葉なんだろう。

八坂は感覚を研《と》ぎ澄《す》ませ、すずめの気持ちに触れられないかと試行錯誤《しこうさくご》した。すると、ふと、どす黒い何かに触れた。

「ひっ……！」

黴臭《かびくさ》さとじっとりとした湿気が、八坂の指先にまとわりつく。それは、すずめの身体から漏《も》れ出していた。

これは呪いだ。

八坂はそう直感した。彼女は呪われているのだ。だが、その発信源は何処《どこ》か。

誰かから呪われているのなら、呪いの痕跡を辿《たど》ることが出来るはずだ。しかし、八坂がどんなに目を凝《こ》らしても、呪いの主に繋がる縁《えん》は見当たらなかった。

「まさか、すずめちゃん……」

考えられる可能性はただ一つ。――すずめが自分自身を呪っている。

「どうして……！」

呪いの根源が分かった瞬間、八坂の第六感が彼女の声を捉えた。それは、すずめの内なる声であった。

こうなってしまった自分が憎い。

兄を苦しめて、想い人を悲しませる自分が憎い。

自分なんて消えてしまえばいいのに。

でも、自分で自分を消すことが出来ない。私の腕はもう役立たずで、果物ナイフすら握れないから。

早く消えて。みんなに痛みを与え続ける私よ、消えて。

どんなに願っても叶わないのなら、誰か私を消して。

そんなことを願っても、痛みを押し付けるだけなのに。

ごめんなさい。お願い。ごめんなさい。お願い。ごめんなさい。お願い。消して消して消して消して消して。


「これが、君の痛みか……」

気づいた時には、八坂は涙していた。あまりにも切なく、あまりにも悲しく、そして、あまりにも悔《くや》しかった。

すずめがこんなに苦しんでいるのに、何もしてやれないことが。

いいや、してやれることはある。

だが、それは――。

「いやだ……」

八坂は、思わず顔を覆《おお》う。

「いやだいやだ！　君を消すなんて僕には出来ない！　君は生きているだけでいいんだ。そんなに自分を責めないで！」

八坂は虚ろな目のすずめに叫ぶ。それでも、彼女にまとわりつく呪いは揺らがなかった。

彼女にとって、八坂が心を痛めているのが何よりも悲しく、何よりも自分が許せないのだろう。

彼女は、あまりにも優しいから。

八坂はしばらくの間、悲しみに身をゆだねてすすり泣いていた。

日はすっかり落ち、病室の窓からは暗幕のような夜空が窺《うかが》えた。照明がついていない病室を、外界の光がぼんやりと照らす。

そんな中、八坂は静かに顔を上げる。

「……分かった」

覚悟を決めた目だった。

「君の最期の望みだから、僕が叶えてあげる」

八坂は持っていた古い書物をめくり、禁じられた術式を見つけ、一つ一つ丁寧に術を編み込んだ。そこにはもう、躊躇《ためら》いはなかった。

術式が完成すると、八坂は最後の呪文を唱える。

すると、辛《かろ》うじて繋がっていたすずめの命は、あっという間に散って行った。

あまりにもあっけない最期だった。すずめが元々、命を手放すつもりだったからだろう。

彼女の望みが叶うと同時に、すずめの内側にあった呪いは綺麗《きれい》に消失した。室内だというのに、穏やかな風が八坂の頬《ほお》を撫《な》でた。


ありがとう。そして、ごめんなさい。


感謝と謝罪の言葉を、八坂は暗い部屋で受け取っていた。彼はしばらくの間、微動だにしなかった。

「痛みは、彼女を悲しませる――」

八坂は静かに顔を上げる。

「だから、痛みを取り除かないと」

八坂の表情は、晴れやかですらあった。そこにいたのは、榊が知っている八坂だった。

まるで、痛みを感じていないような顔だ。

セピア色の追想は、そこで途絶えた。


榊の視界は、晴れた昼下がりの平凡な庭先に転じた。

禿げかけた芝生が風で揺らぎ、三階建ての家の中からは弾《はじ》けるような赤ん坊の泣き声と、それをあやす微笑ましい母娘《おやこ》の声が聞こえる。

「今のは……」

榊は息を呑んだ。

「八坂の記憶が、混じっていた……。あの時、すずめと八坂は呪術的な繋がりがあった。それに、八坂もまたこの土地に縁がある者だ」

九重は冷静にそう言うものの、眉間を揉んで唸《うな》った。

「すまない。少し考えさせてくれ」

「も、もちろん」

榊も混乱していた。

確かに、八坂が言うようにすずめの命を奪ったのは彼だったし、すずめが死を望んでいたのも間違いなかった。

しかし、八坂の葛藤《かっとう》も、すずめの苦しみも、まるで自分のことのように感じた榊は、八坂を責めることは出来なかった。

「……合点がいったこともあるが、妙だと思ったことがある」

九重は、深呼吸をするようにそう言った。

「八坂さんの様子ですか？」

「ああ。あの状況で、奴《やつ》が平然としていたのが不自然だった。まるで、痛みを感じていないようだったな」

「そうですね……。すずめさんは人の痛みに敏感な人でしたし、八坂さんは彼女の望みを体現しているみたいでした」

「成程な」

榊の言葉に、九重は納得したようだった。

「八坂自身もまた、呪われている」

「八坂さんも……？」

「奴が常に笑っているのは、本当に痛みを感じていないんだろう。奴がそうなったのは、呪いのせいだ」

「そんな……。呪いをかけたのは、本人でしょうか」

「それか、すずめだな」

断言する九重に、榊は目を見開く。

「すずめさんが……」

「そうだ。すずめの願いが呪いとなり、八坂を捕《とら》えているんだ。そうなれば、やるべきことはただ一つ」

九重は踵を返す。

「八坂の呪いを解《ほど》く。そうすれば、あいつの暴走も止まる」

八坂は痛みを感じていない。だから、恐ろしい呪いを平気で行使する。痛みを取り戻せば、それも止まるだろうか。

「痛みを取り戻すのって、辛そうですね」

榊は思わず同情してしまう。

すずめに呪術をかけた時の八坂の葛藤を知ると、忘れていた方がいいとすら思ってしまう。

だが、九重の意見は違った。

「確かに、痛みは辛いものだ。だが、必要なものでもある」

「痛みが必要……？」

「痛みを感じるから、他人を労《いたわ》ることが出来る。すずめは痛みを知っていたから、他人が痛みを感じることを悲しく思ったんだ」

「そっか……。痛みが分からないと、他人の辛さにも共感出来ませんしね……」

「それに、自分を守るためにも必要だ」

「自衛にも？」

「ああ。包丁で指を切ったら痛みを感じるだろう？　それによって、危険だから注意して使おうと思うはずだ」

「でも、痛みを感じないと危険が分からない……」

「そういうことだ」

　九重は頷く。

　それはあまりにも恐ろしいことではないかと、榊は思う。ただでさえ、八坂は強力な呪術を扱える人物だ。代償《だいしょう》がないとは思えない。

　榊は、意を決する。

「八坂さんを止めるの、僕も協力します」

「流石に、身内のことに不動産屋の君を巻き込めない」

「不動産屋としてじゃなくて、友人として手伝いたいんです！」

　榊は叫んでから、ハッとして口を噤《つぐ》んだ。勢い任せで本心を叫んでしまったことを後悔した。

　九重は迷惑だと思うかもしれない。申し訳ない気持ちで恐る恐る九重の表情を盗み見る榊であったが、そこにあったのは、榊が想像していたものではなかった。

「……そうか」

九重の顔は、穏やかだった。安堵《あんど》しているようにも見えた。優しいその眼差《まなざ》しに、榊はむず痒《がゆ》さを感じる。

だが、それも一瞬のことだった。九重はすぐさま踵を返し、敷地の外へと向かう。

「タイムカプセル、見つかりましたかー？」

ガラス戸を開けて、家主の妻が顔を出す。「見つかりました。有り難う御座いました！」と榊は丁寧に頭を下げて、九重を追った。

敷地の境界を跨《また》ごうとしたその時、優しい花の香りがした。そして耳元で、風が囁《ささや》いた。

——ごめんね、兄さん。

それは、すずめの声だった。榊は振り返るが、九重はそのまま敷地を後にする。

彼は振り返る代わりにこう言った。

「気にするな。それが遺《のこ》された家族の役目だから」と。

第十二話

蜘蛛《くも》の糸

八坂《やさか》の次の標的は何処《どこ》か。

九重《ここのえ》と榊《さかき》は、駅に向かう道すがら考えていた。

いつの間にか分厚い雲が空を覆《おお》い、傾きかけた太陽をどんよりと隠している。駅前に立ち並ぶビルの間を駆け巡る風は、生暖かくなっていた。

「八坂は君の会社の物件に興味を持っていた。そして、何度か試行を繰り返していた……」

九重は前を見つめながら、早足で歩く。榊もまた、必死に九重の歩調に合わせようとしていた。

「そうなると、やっぱりマヨイガの物件が狙《ねら》われ続けるんでしょうかね……」

「八坂の能力であれば、物件でなくても呪《のろ》うことは出来る。だが、継続的に呪い続けることで効果を発揮する呪いならば、住まいをターゲットにすると都合がいいんだろうな」

家は誰もが帰る場所である。そして、安らぎ、油断する場所でもあった。

「マヨイガの物件に目を付けたのは、呪術の痕跡《こんせき》が残っていたからだろう」

「創業者が残したものですね……」

「そうだ」

九重は頷《うなず》く。

マヨイガの五つの物件は、以前、大規模な呪術《じゅじゅつ》に利用されていた。呪具《じゅぐ》は全《すべ》て回収し、儀式も強制終了させたのだが、一度繋《つな》がった縁《えん》は簡単に解《ほど》けないのだろう。

「もしかして、その縁を使って何か……」

「……そうだな。試行をやめて、次の段階に行こうとしているのかもしれないな」

九重が足早になっている理由が分かった。今まさに、八坂が動こうとしている可能性もあるのだ。

二人は地下鉄に乗り、市ケ谷《いちがや》を目指す。

「弊社に行く可能性が高いですよね」

「儀式の中心は君の会社だった。あそこには、強力な呪力《じゅりょく》の名残《なごり》がある。人の縁が多く交われば呪力も薄くなって呪術で作られた縁も消え失《う》せるが、あの建物はオフィスに使われているだけだろう?」

「そうですね。人の出入りは激しいですけど、決まった人しか出入りしないっていうか……」

「商業施設や観光地であれば違ったのだろうが、致し方ない」

「一階の会社が出て行った後は、コンビニでも入るのを期待しましょう……」

榊は九重とともに電車に揺られて市ケ谷を目指すが、立ち止まっているのがもどかしい。一つ、また一つと駅が近づくのだが、停車時間すら惜しかった。

胸がざわめき、気分が重くなる。学校帰りの学生達のお喋《しゃべ》りですら、何か不吉なものの囁《ささや》きのように聞こえた。

「呪いには、縁を辿《たど》るものと隙間《すきま》に入り込むものがある」

九重が唐突にそう言うので、榊は現実に引き戻された。

「縁を辿るものって、かつてマヨイガの物件にかけられていたものですかね」

「ああ。その痕跡がパイプの役割を果たし、新たな呪いを運ぼうとしているのかもしれない。八坂は隙間に入り込ませる方が得意だ。痕跡を使って呪いを効率よく広げ、その後、確実に侵食《しんしょく》させる——」

「待ってください！」

榊は思わず声を荒《あら》らげる。近くでお喋りしていた学生達は、目を丸くして振り返った。

榊は「すいません、煩《うるさ》くして」と彼らや他の乗客達に謝罪してから、九重に向き直った。

「もしかして、岡野《おかの》氏が作った五芒星《ごぼうせい》の結界《けっかい》内全てを呪いで満たそうとしているんですか？」

「可能性はある」

九重は、眉間《みけん》に皺《しわ》を寄せたまま答えた。

「でも、八坂さんが強力な呪術師だとしても、たった一人でそんなこと……」

「東京都心の環境は、彼と相性がいい」

「そう……なんですか？」

「彼が今まで呪ってきた相手は、どんな家庭の持ち主だ？」

九重の問いに、榊は目を丸くする。

「えっと、呪われた人達が世帯主だとして、ってことですよね。それならば、皆さん単身者で――」

そこまで言って、榊はハッとする。

「東京は単身者が多く集まる場所……。確か、半数近くの世帯が単身者です。だから、ワンルームマンションの需要も高いし、ワンルームマンション投資をする人もいる……」

「物件――家は本来、家族という強い縁を持つコミュニティを収める場所だが、東京都心は単身者が多い。つまり、縁が希薄なんだ。だからこそ、別の縁――呪いという悪縁が浸透し易《やす》い」

「それを、八坂さんは知っていて……」

「どれだけ呪いが侵食するか、今まで試していたんだろうな。そして、この人口密集地域にかけようとしている呪いは、ただ一つ――」

次の瞬間、ガタン、と車内が大きく揺れる。次いで、緊急停止するから近くのものに掴《つか》まってくださいという車掌のアナウンスが流れた。

「な、何が……？」

榊は慌てて手すりにしがみつく。耳障《みみざわ》りなブレーキ音を立てながら、列車は暗闇《くらやみ》の地下で足止めを喰《く》らった。

「始まった」

九重が天井《てんじょう》を、いや、その先にある地上を見上げる。

ずんっ、と耳の奥が震えた。

刹那《せつな》、榊は見えない力で押さえつけられるようなプレッシャーを感じる。背筋にぞくぞくと悪寒《おかん》が走り、内臓がひっくり返りそうなくらい心地が悪い。

車内の照明が、チラチラと点滅する。底冷えがするというのに、空気はやけに生暖かい。

やがて、安全確認が終わった列車はゆっくりと走り出す。線路内に何かが侵入したため、次の駅で停止した後は、安全が確認されるまで運転を見合わせるという。

「線路内に何かが？　地下なのに？」

座っていた乗客は、不審がりながら窓の外を見やる。すると、もう一人の乗客が冗談交じりで言った。

「多分、ネズミじゃない？　何年か前に、有楽町《ゆうらくちょう》線で猫くらいの大きさのを見たよ」

「怖っ。でも、線路内にいたら危ないしね。おとなしく巣に戻ってくれればいいんだけど」

　空気の重苦しさに気づいていないのか、乗客達は笑い合う。

だが、それも束《つか》の間《ま》のことだった。

「ぎゃあああああっ！」

窓越しに外を見ていた乗客の悲鳴が、車内に響き渡る。

何事かと思って皆がそちらを見やるが、そんな視線など気にする余裕もないのか、しゃがみ込むように床へと這《は》いつくばった。

「蟲《むし》が、大きな蟲が……！」

蟲を見たという乗客は、両手をわさわさと動かす。その動きは、百足《むかで》の脚のようだと榊は思った。

　列車は次の駅で停止し、扉が開かれる。

件《くだん》の乗客は、真っ先にホームへと飛び出した。

「九段下《くだんした》か……。あと一駅で市ケ谷だったのに」

榊も九重とともに列車を後にする。だが、ホームの様子がおかしかった。

やけに照明が暗い。寿命間近の電灯のように、チラチラと頼りなく光るだけだった。

つんとした硫黄《いおう》のような臭《にお》いが漂《ただよ》い、足元にざわざわした風がまとわりついている。

あまりにも異様だ。とてもではないが、現実のものとは思えない。

まさかこれは、異界化しているのではないだろうか。

「榊！」

九重がしゃがみ込み、榊の脛《すね》を叩《たた》いた。

「ひえっ！」

すると、真っ黒な蟲のようなものが床に叩きつけられる。仰向《あおむ》けになったそれはうぞうぞと脚を動かしたかと思うと、石のように動かなくなって虚空《こくう》に溶けた。

「今のは、八坂さんの呪いでは……」

「そうだ。君は危《あや》うく、入り込まれるところだった」

「あ、有り難う御座います……！」

よく見れば、列車を後にした人達は次々と足を止め、膝《ひざ》をついたり倒れたりしていく。ホームの椅子《いす》でぐったりしている人もおり、彼らは皆、足に百足を絡ませていた。

「数が多いな……。それに、恐らく次から次へとやって来る。原因を取り除かなくては……！」

九重は階段を駆け上り、改札を出る。榊も慌てて、その後を追った。

地上に出ると暗雲が上空に渦巻いていた。空気はやけに暖かく、異臭を混じらせながら大通りを抜けていた。

靖国《やすくに》通り沿いに行けば、市ケ谷にあるマヨイガに辿り着く。

通行人は皆、どす黒い空気に当てられてしゃがみ込み、車は列を成して停止していた。

タクシーもまた、路肩に停まっている。運転手は運転席に寄りかかり、苦悶《くもん》の表情で天を仰《あお》いでいた。

「酷《ひど》い……。どうして、こんな……」

「痛みを取り除かないと」

「えっ」

一瞬、九重が何を言っているのか分からなかった。

「八坂の言葉だ。あいつは、出来るだけ多くの痛みを取り除こうとしている。これはその一環だ」

「そんな……！　むしろ、みんな苦しんでいるじゃないですか！」

九重は大股《おおまた》でマヨイガに向かいつつ、首を横に振った。

「これは恐らく、その過程だろう。この先に、あいつなりの『安息』を用意しているはずだ」

榊の脳裏《のうり》に、吉原知世《よしはらともよ》のことが過《よぎ》った。彼女は苦痛を感じなくなり、まどろみの中で衰弱死するところだった。

「呪いで痛みを麻痺《まひ》させれば痛みを感じないし、更に言えば、死ねば痛みは取り除かれるってことですか……」

「止めなくては。それが、俺のやるべきことだ」

九重はひたすら前に進む。やがて、マヨイガが入るオフィスビルが見えてきた。

暗雲の中心は屋上にあった。八坂は間違いなく、そこにいる。

エレベーターを呼んだが動く様子はない。もどかしくなったのか、九重は外にある非常階段を上り出した。

榊もまた、九重の後に続く。

だが、会社の様子が気になった。こんな呪いの中心で、彼らは無事なんだろうか。

「九重さん、すいません」

「ああ。様子を見に行った方がいい」

榊はマヨイガが入っているフロアで立ち止まると、非常扉を開いた。すると、むっとした臭気《しゅうき》に包み込まれ、思わず咳《せ》き込んだ。

「柏崎《かしわざき》さん！　みんな！」

榊は中へと踏み込む。すると、エレベーターの前で柏崎が倒れていた。

「柏崎さん、大丈夫ですか！」

「榊……か……。逃げろ……」

あれだけ活力に満ちていた柏崎が、ぐったりしていた。彼女の足にも、複数の蟲がまとわりついている。

「このっ」

榊が払おうとするが、手ごたえはない。見かねた九重が、蟲をむしり取るように祓《はら》った。

「社員が急に倒れて……救急車を呼ぼうと思ったんだが……繋がらなかった。だから、外に助けを求めようと……」

柏崎は、息も絶え絶えに呻《うめ》く。彼女が起き上がろうとするそばから、蟲がまとわりつこうとしていた。

「柏崎さんだってヤバい状況なのに、無理しないでください……！　結界から出れば呪いの影響を受けないはずですけど……」

だが、衰弱した状態で結界の外に出るのは困難だ。九重が祓うにしてもキリがないし、八坂を止めなくては他の人達の命も危うい。

「マヨイガの社員は岡野氏が残した結界と縁が強いから、こんなに影響を受けるんですかね……」

「だが、君は何故《なぜ》そんなに平気なんだ？」

九重に指摘され、榊はハッとした。

「そう言えば、なんでだろう。勤続年数の違い……ですかね」

「それは、違うだろうな……」

柏崎は浅い呼吸をしながら否定した。

「この症状は、お前の同期も酷い。部長は比較的マシだったから社員を応接室に運んで寝かせていたが……流石《さすが》に限界が来たようだ……」

榊は思考を巡らせる。

部長の症状が軽いのは、家庭を持っているからだろう。逆に、柏崎は独り暮らしだ。単身者だと呪いが入り込みやすいというのは、本当のようだ。

だが、榊が他の社員より呪いの影響を受け難《にく》いのは何故か。勤続年数が関係ないならば、九重と一緒にいるからだろうか。

いいや、それよりも重大な要素があるはずだ。

マヨイガは結界と縁が強い。その縁がどう繋がっているのか。

「まさか……！」

榊は駆け出し、事務所へと向かう。そして、片隅に設置されたタイムカードの前で立ち止まった。

「柏崎さん、すいません！」

榊はタイムレコーダーを退勤にセットし、柏崎のタイムカードを勢いよく切る。

その瞬間、柏崎にまとわりつこうとしていた蟲が、さあっと退《ひ》いた。

「今、何を……？」

九重は目を丸くする。柏崎もだいぶ楽になったのか、胸を撫《な》で下ろして立ち上がった。

「結界はマヨイガの概念と繋がっていたから、マヨイガに勤める人が強い影響を受けていたんです。だから、出社ではない状態――つまり退勤状態になれば縁が薄くなると思って」

榊は本日、直帰扱いになっていた。訪問先を後にした時点が終業時間となっていたので、既に退勤済みだったのだ。

「マヨイガの方は、僕が何とかします！　九重さんは八坂さんを！」

「分かった」

九重は非常階段を駆け上がる。遠くなる足音を聞きながら、榊は社員のタイムカードを次から次へと切って行った。

途中で、状況を把握した柏崎も手伝ってくれた。弱っている彼女に手伝わせるのは申し訳ないと榊は言ったが、彼女は部下を守りたいのだと引かなかった。

「まさか、呪いがオンとオフを見分けるとはな」

「きっと、概念の存在だからですね。タイムカード、後でみんなに謝っておかないと」

早退扱いになっちゃう、と榊は苦笑する。

「こんな時なのに、お前は律義だな。今回のことは私から説明するさ。それが上司の役目だ」

「柏崎さん……」

タイムカードを切る度《たび》に、事務所の中を満たしていた重苦しい気配が薄れていき、床を這う蟲も少なくなっていく。完全に消すことは出来なかったが、切迫した状況からは脱したようだ。

「お前は、ずいぶんと頼もしくなった」

「そ、そんなことは……。九重さんがいなければ、僕は今頃、九段下駅で倒れてたところですし……！」

「そんな九重氏の決着を、見届けたいんだろう？」

柏崎は、全てお見通しだった。榊は先ほどから、屋上を気にしていたのだ。

「私達はもう大丈夫だ」

「でも――」

「お前は行け。縁が強い者がいた方が、九重氏にも良いだろう」

柏崎の真《ま》っ直《す》ぐな眼差《まなざ》しが、榊に向けられる。

「……有り難う御座います」

榊は深々と頭を下げ、マヨイガを後にする。

非常扉から飛び出し、外階段を駆け上がる。空に近づくにつれて、暗雲だと思っていたものの全貌《ぜんぼう》が見えて来た。

あれは、大量の蟲だ。

漆黒《しっこく》の蟲達は太陽の光を遮《さえぎ》って、東京上空で脚を蠢《うごめ》かせている。人の心に生まれた隙間に、入り込もうと目を光らせているのだ。

「九重さん！」

屋上に辿り着くと、そこには二人の呪術師がいた。

黒衣の九重と、春めいた彩りの八坂である。

黒く塗り潰《つぶ》された世界の中で、八坂は浮いた存在だった。彼だけが色鮮やかで、微笑を湛《たた》えている。

「庵《いおり》さん、僕の残留思念を覗《のぞ》いたんだね。趣味が悪いな」

八坂は特に気分を害した様子もなく、軽く肩を竦《すく》める。

「長年、目を背《そむ》けていたものと向き合おうとした時に、君の記憶が見えてしまった。そのことに関しては、謝罪しよう」

九重は律義にそう言うが、彼の言葉は終わっていなかった。

「だからこそ、俺は君を止めなくてはいけない。すずめのためにも」

「すずめちゃんのため？」

八坂の笑顔が、一瞬だけ凍《こお》り付いたような気がした。

「君は、人々が痛みを抱えぬよう、結界内の人間を呪殺《じゅさつ》するつもりだろう？」

「乱暴だな、庵さんは」

八坂は頭《かぶり》を振った。

「僕はただ、痛みを感じる人達だけをすずめちゃんのように眠らせようと思っただけだ。結果的に、皆が痛みを抱えているから、こうなっているけど」

ビルの屋上からは、周辺が一望出来た。

道を行く人々は、皆、蟲にまとわりつかれて苦しんでいる。平然としている人は、一人もいなかった。

「人々は多くのストレスに晒《さら》されている。痛みを感じてない者はいない」

九重は断言した。

常に強くあろうとする柏崎だって、呪いに巻かれて苦しんでいたのだ。クレーマーに差別的な言葉を吐かれたこともあったし、気丈《きじょう》に振る舞う裏で傷ついていたこともあったのだろう。

前向きに見える人も、明るく見える人も、悩みがなさそうな人も、何かしらの痛みを押し込めて、ポジティブに生きようとしているだけなのかもしれない。

榊もまた、出来るだけ辛《つら》い顔や苦しそうな顔をしないように心掛けていた。その努力を知らぬ者からすれば、何も考えていないように見えるかもしれない。

「誰かが痛みを感じているのは、不幸なことだと思う。僕はその痛みを取り除きたいし、苦痛を感じているなら終わらせてあげたい。それこそが、幸福に繋がる道だと思うんだ」

八坂の目に、迷いはなかった。彼は本気でそう思っているのだ。

だが、それは正しいのだろうか。

彼は、柏崎を罵倒《ばとう》して榊を苦しめた原因――痛みを取り除こうとした。しかし、それぞれの痛みの原因が取り除かれたところで、全員が幸せになるのだろうか。

その原因がなくなれば、悲しむ人がいるのではないだろうか。

それに、榊は誠実に生きているつもりだが、誰も傷つけていないとは限らない。榊にとっての正義が、他人にとっての正義とは言い切れない。

人によって正義の形は違う。だから、争いが起きるのだ。人が人と繋がる以上、異なる価値観を持つ者同士が重なり合う以上、痛みも悲しみも生まれてしまう。

それに、八坂だって――。

「痛みが取り除かれるべきだとしたら、すずめさんも取り除かれるべきだと思ったんですか？」

榊は、掠《かす》れた声で問う。

「は？」

八坂は、完全に虚を衝《つ》かれた顔をしていた。

「だって、八坂さんはすずめさんの苦しみで心を痛めていたでしょう？　九重さんだってそうです。でも、すずめさんはお二人にとって、大切な人じゃないですか！」

「すずめちゃんが、取り除かれるべき……？」

八坂はよろめき、頭を抱える。

彼の笑《え》みが、ぽろぽろと剝《は》がれていく。彼は呪うように、榊に向かって言葉を吐いた。

「そんなことはない！　そんなことはっ！」

純粋な怒りと憎しみが、榊を襲う。

痛い。全身を突き刺されるような痛みだ。

これは八坂の呪いの力か。それとも、彼の痛みなのか。

しかし、痛みは長く続かなかった。黒衣をまとった背中が、榊と八坂の間に割り込んでいた。

「九重さん……！」

「急急如律令《きゅうきゅうにょりつりょう》。我が呪いにより解けよ！」

九重は印を結び、八坂に向かって解呪《かいじゅ》の力を放つ。

感情をさらけ出して無防備になった八坂に、防ぐ術《すべ》はなかった。


八坂は、自分を覆《おお》っていたものが解《と》きほぐされていくのに気づいた。

それは何か。

自分にかけた呪いだ。それか、自分にかけられた呪いだ。

そのせいで、自らの痛みから目をそらし、なかったことにしていた。

痛みなんて要《い》らないと思っていた。彼女が悲しむし、自分も苦しいから。

だが、呪いが完全に剝がされた時、八坂の脳裏で何かが弾《はじ》けた。

「すずめちゃん……」

それは、在《あ》りし日のすずめの姿だ。

花のように儚《はかな》げであったが、健気《けなげ》に生きていた彼女が好きだった。他人のために心を痛め、他人の幸福を祈る彼女が好きだった。

そんな風になりたいと思っていたのに。

「どうして、忘れていたんだ……」

「それもまた、君にとっての痛みだったからだ」

九重の声が響く。

すずめの姿を思い出すだけで胸が痛む。この身が引き裂かれそうになる。

だが、その痛みはどこか温かく、優しかった。

「痛みは、忌《い》むべきものだけじゃなかった……。痛みには、絆《きずな》と温《ぬく》もりを感じるものもあったんだ……」

愛しているからこそ、痛みを感じることもある。痛みを感じるからこそ、愛《いと》しいものを壊さずに済むこともある。

「すずめが本当に望んでいたのは、痛みがない世界ではない。痛みを感じながらも、手を取り合って笑い合える世界だ」

気づいた時には、八坂は膝をついて泣いていた。

そばには九重がいて、静かに自分を見下ろしていた。すずめとよく似た貌《かお》で、その瞳には慈悲《じひ》深さすら湛えて。


空が音を立てて震える。

榊が頭上を見上げると、暗雲のような蟲は急速に退いていった。

その隙間から光が差し、蹲《うずくま》る人々を照らし出す。すると、人々は苦しみから解放されたように顔を上げ、太陽の温かさを歓迎していた。

呪いは八坂の制御を失い、結界は破られたのだ。

爽《さわ》やかな風が屋上を駆け抜ける。八坂はうつむいたまま、沈黙していた。

「終わった……んですね……」

「ああ」

九重は頷き、一歩後退する。

「しばらくの間、交通の混乱は残るだろうが、概《おおむ》ね問題ないだろう」

靖国通りのあちらこちらで停まっていた車は慎重に動き出し、遠くでは救急車のサイレン音が聞こえた。呪いから解放された地上の人々は、しばらくの間、太陽を拝《おが》んでいたが、やがて、何事もなかったかのように日常へ戻って行く。

きっとこの件も、「変なことがあった」程度で済まされて、目まぐるしく移り変わる東京の日常の中へ溶けてしまうのだろう。

榊は、それでいいと思った。

悪いことをいつまでも引きずっていると、自らに呪いをかけてしまうだろう。程よいところで、何気ない記憶の一つとして留《とど》めておけばいい。

「あっ……！」

榊は思わず声をあげる。八坂が、立ち上がったのだ。

彼はおぼつかない足取りで、屋上の手すりに寄りかかる。彼の顔からは笑みが消えていた。涙の痕《あと》だけが残っていた。

「八坂、お前はこれからどうする？」

九重が尋ねると、八坂は苦笑した。

「庵さんやすずめちゃんが言いたかったことは、理解出来た。でも、この世には、一方的に相手に痛みを与える輩《やから》もいる。全ての痛みを消すべきではないけど、消すべき痛みを生み出す者を排除するためなら、僕は悪になる」

「……そうか」

八坂は、九重達の言い分を知った上でも尚《なお》、必要悪になるというのだ。

「八坂さん……！」

「榊君」

引き留《と》めようとする榊を、八坂は制止した。

「世の中が君のような善人ばかりだったら、僕の呪いなんて要らないだろうね」

八坂は微笑《ほほえ》む。あの陽気な笑みであったが、どこか哀《かな》しげでもあった。

次の瞬間、八坂は手すりを乗り越えて屋上から飛び降りる。榊と九重は慌てて手すりの外を見やるが、落下音もなければ八坂の姿もなかった。

「また、消えちゃいましたね……」

「ああ。また、奴《やつ》と対峙《たいじ》することもあるだろうな」

九重は、八坂が消えた虚空をじっと見つめていた。だが、その目に憂《うれ》いはなかった。

「その時は、奴の信念と俺の信念のぶつかり合いになるだけだ。呪術を操《あやつ》る者同士として、決着をつける」

「……そうですね」

彼らとともにあった、すずめの幻影はもうなかった。九重と八坂は、お互いに一人の人間として別々の道を行くのだろう。

優しい風が、小鳥のさえずりを運ぶ。それは、雀《すずめ》の鳴き声か。

榊にはそれが、「ありがとう」というすずめの声に聞こえた。

不動産会社マヨイガは、すぐに日常を取り戻した。幸い、誰も後遺症は見られず、タイムカードの修正のみで済んだ。

そして、榊の机には、厚紙で作られたと思《おぼ》しき卓上ネームが置かれていた。そこには、『心霊課　榊』と書かれている。

「なにこれ」

「俺がうちで作って来たの。いい出来じゃね？」

隣の席の同僚が得意顔で言った。

「いや、柏崎さんに認められているとはいえ、社内で堂々と勝手に心霊課って名乗るのはまずいし……」

「勝手じゃないよ」

榊の後ろから、ぬっと中年男性が現れた。

「部長！」

「正式な辞令はもう少し後だけど、榊君には心霊課を務めてもらうことになりました」

部長の温もりに満ちた両手が榊の肩にのしかかる。

「ちょっと何言ってるか分からないですね……。辞令ってことは、社長公認？」

「私が推薦しておいた」

そう言ってにやりと笑ったのは、柏崎だった。

「あれ、本気だったんですか!?」

「そりゃあ、お前の功績を認めているしな」

文句があるかと言わんばかりの確固たる態度だ。柏崎の堂々とした性格は頼もしいが、こういう時は性質《たち》が悪い。

「おめでとう、心霊課！」

「おめでとう、おめでとう！」

同僚達は満面の笑みで、スタンディングオベーションをする。彼らの八割くらいは悪ふざけなんだろう。

「あとに引けない祝福……！　これが、呪いになる祝福か……！」

だがまあ、辞令が出ることが決定しているのなら、祝福の有無程度で覆《くつがえ》らないだろう。

「とはいえ、心霊案件なんてそう多くもないだろうし、専念出来るならいいかな」

「いいや。実は、私の方でそれらしい案件を幾つか持っていてな」

柏崎は難しい顔をしつつ、榊に『それらしい案件』をまとめたファイルを送る。

それを開いた瞬間、榊は目を剝《む》いた。

「えっ、めちゃくちゃ多いんですけど！」

「どれも、トラブルの原因を調査したが不明なままのものだ。心霊課が出来た以上、心霊的な見地から調査してもらいたい。トラブルが解決しないままだと、借り主もオーナーも困るだろうからな」

「心霊的な見地なんて、なかなか聞ける単語じゃないですね……！」

評価されて頼りにされるのは嬉《うれ》しかったが、活躍に比例して難題を持ち込まれるのが世の常だ。

「でも、困っている人は放っておけないしな」

それこそ、無用な痛みは取り除かなくてはいけない。痛みの原因が一つ取り除かれれば、八坂のような人物が動く動機が一つ減る。

それこそ、九重が望んでいることではないだろうか。八坂よりも先に痛みを減らせれば、彼の憂いごとも減るだろう。

榊はトラブル物件を一瞥《いちべつ》し、どれから手を付けようかと思案する。

社長公認の心霊課になるなら、腹を括《くく》らなくてはいけない。

呪術屋九重とともに、悪しき縁を断ち切り、良き縁を繋ぐべく仕事をすることを思い描く。

すると、榊の背筋は自然と伸びたのであった。

エピローグ

マヨイガを目指して

よく晴れた昼下がり、新宿《しんじゅく》のビル街を行く二つの人影があった。

スーツ姿のその二人を、道行く人達は気にしていない。彼らにとって、二人は新宿の雑踏の一部に過ぎなかった。

同じようにスーツ姿で脇目も振らずに歩いている人々もいれば、お喋《しゃべ》りをしている学生達や、夕飯は何にしようかと話し合っている家族もいる。

あまりにも平凡かつ平和で、とても二人が事故物件を目指しているようには見えなかった。

「やれやれ、次の物件は落ち武者《むしゃ》の霊が出るビルか……」

スーツ姿の二人のうちの一人——榊《さかき》は溜息《ためいき》を吐《つ》く。

頭上を仰《あお》ぐと、雲一つない青空が広がっていた。落ち武者の霊も、散歩に行っているかもしれないと思うほどの晴天だ。

「榊せんぱーい！　待ってくださいよ」

少し遅れてやって来たのは、同じくスーツ姿の若い女性であった。大きな紙袋を抱えている。

「樒《しきみ》さん、どうしたのそれ」

榊がぎょっとすると、樒と呼ばれた女性は愛嬌《あいきょう》のある笑顔を見せる。

「九重《ここのえ》さんとは初めてお会いするので、手土産《てみやげ》があった方がいいかと思いまして。確か、甘いものがお好きなんですよね」

「まあ、うん……。確かに、手土産は大事だね……」

かつて事あるごとに九重に手土産を持って行った自分を思い出し、榊は笑《え》みを引きつらせる。

「初の顔合わせ、緊張します。話で聞くのと実際会うのは違いますから」

「大丈夫。九重さんは、ちょっと不愛想《ぶあいそう》に見えるけどいい人だよ」

榊の言葉は確信に満ちていた。

九重と出会ってから一年。不動産会社マヨイガに心霊課が出来て榊が配属され、しばらく経《た》った。

榊は九重とともに心霊トラブルを幾つも解決し、今では、他社の物件の心霊トラブルも頼まれるようになってしまった。

その結果、榊一人では仕事が回らなくなって、新入社員の榁が心霊課に配属されることになった。

「やっぱり、呪《のろ》いはなくならないんだな……」

今でも八坂《やさか》が活動した形跡を目にすることがあるが、彼はかつてのように目立ったことはしておらず、衝突《しょうとつ》することはなかった。マヨイガの結界《けっかい》はなくなったし、八坂が派手な立ち回りをしていないにもかかわらず、呪いは絶えないのだ。

「でも、商売のタネがあるのはいいことじゃないですか」

榊に並んだ榁は、ぐっと親指を立ててみせる。

「榁さんは逞《たくま》しいね……。だからこそ、うちの部署向きなのか……」

榁のようにポジティブな人間がいれば、呪いの原因の一つである認知の歪《ゆが》みも少なくて済むかもしれない。柏崎《かしわざき》が彼女を心霊課に配属したのには、そういう理由があるのだろう。

「そうだ。聞きそびれていたんだけど、榁さんって、幽霊の類《たぐい》は怖くないの？」

「人並みには怖いですよ。でも、興味の方が強いですね」

「へぇ、そうなんだ……」

榁は怖いと言ったにもかかわらず、あまりにもあっけらかんとした顔だったので、本当かな、と榊は疑ってしまう。

「私も聞きそびれたんですけど、おばけが出たら録画していいですか？　動画をネット配信したいんですよ。バズりそうですし」

「それは……プライバシーの侵害とかになっちゃうから、やめて欲しいかな……」

興味の方が強いのは本当なようだ。先輩としてちゃんと見てやらないといけないと思い、榊は胃がキリキリと痛むのを感じた。

「でも、落ち武者の霊は撮《と》れ高あると思いませんか？」

「霊に撮れ高って言葉を使ったの、樒さんが初めてだよ……」

榊は逞し過ぎる新入社員を前にして、震えながら件《くだん》の物件へと向かう。様々なオフィスや店舗が入る雑居ビル街が見えて来たので、もうすぐ到着するだろう。

「なんにせよ、呪いを解《と》いて安心安全の物件にしないといけませんね」

樒の言葉に、榊は歩きながら「そうだね」と頷《うなず》く。

「会社の名前がマヨイガですし、『遠野《とおの》物語』の『迷《まよ》い家《が》』みたいに居心地がいい物件にしないと」

「……そうだね」

意気込む新人には、ちゃんとマヨイガの社員としての精神が宿っていた。榊はそれに安堵《あんど》するように相槌《あいづち》を打つ。

「榊先輩も、口を酸っぱくして言ってましたしね」

「あれ？　そんなに喧《やかま》しく言ってたっけ」

「二日に一回くらいのペースで言ってましたよ。私、マヨイガについて語る榊先輩のモノマネが出来るくらいになりましたもん」

やりましょうか、と尋ねる樒に対して、「いや、遠慮しとく……」と榊は首を横に振った。

しばらく歩くと、問題の物件が入っているビルが見えてきた。主にオフィスに利用されている古いビルだった。

色あせて薄汚れた外観は、昼間だというのに陰鬱《いんうつ》な気分にさせる。しかし、榕は物ともせず、ずんずんと歩いて行った。

新入社員の背中が頼もしい。

榊が新入社員から先輩になったように、榕もいつか新入社員を教育する立場になるのだろう。その時になったら、彼女はきっと榊のモノマネをしながらマヨイガの精神を伝えてくれるに違いない。

悪縁は悪縁を呼んで呪いを生み出すかもしれないが、良縁もまた良縁を呼び、呪いを解《ほど》く力になるのだ。

ビルの前では、黒衣の青年が佇《たたず》んでいた。

「九重さん！」

榊が名を呼ぶと、彼は振り向いて軽く手を上げる。

穏やかな陽光の下、その表情は柔らかく微笑《ほほえ》み、新しい縁を祝福しているようにも見えた。

〈了〉

初出
第七話　WEB文蔵　二〇二三年三月
第八話　WEB文蔵　二〇二三年四月
第九話　WEB文蔵　二〇二三年五月
第十話　WEB文蔵　二〇二三年六月
第十一話　書き下ろし
第十二話　書き下ろし
エピローグ　書き下ろし

著者紹介
蒼月海里（あおつき　かいり）
宮城県仙台市生まれ。日本大学理工学部卒業。元書店員で、小説家兼シナリオ・ライター。
著書に、「幽落町おばけ駄菓子屋」「幻想古書店で珈琲を」「深海カフェ 海底二万哩」「地底アパート」「華舞鬼町おばけ写真館」「夜と会う。」「水晶庭園の少年たち」「稲荷書店きつね堂」「水上博物館アケローンの夜」「咎人の刻印」「モノノケ杜の百鬼夜行」「ルーカス魔法塾池袋校」「怪談喫茶ニライカナイ」「要塞都市アルカのキセキ」などの各シリーズ、『もしもパワハラ上司がドラゴンにさらわれたら』『東京ファントムペイン』『怪談物件マヨイガ』などがある。

PHP文芸文庫　怪談物件マヨイガ
蠱惑《こわく》の呪術師

2022年7月20日　第1版第1刷

著者　蒼月海里
発行者　永田貴之
発行所　株式会社PHP研究所
東京本部　〒135-8137 江東区豊洲5-6-52
第三制作部　☎03-3520-9620（編集）
普及部　☎03-3520-9630（販売）
京都本部　〒601-8411 京都市南区西九条北ノ内町11
PHP INTERFACE　https://www.php.co.jp/
組版　朝日メディアインターナショナル株式会社
印刷所　図書印刷株式会社
製本所　東京美術紙工協業組合

ISBN978-4-569-90226-5

PHP文芸文庫

怪談喫茶ニライカナイ

蒼月海里 著

「貴方の怪異、頂戴しました」――。怪談を集める不思議な店主がいる喫茶店の秘密とは。東京の臨海都市にまつわる謎を巡る傑作ホラー。

PHP文芸文庫

怪談喫茶ニライカナイ　蝶化身が還る場所

蒼月海里　著

喫茶ニライカナイの店主に助けられた雨宮は、その店主の境遇を知り、逆に彼を救おうとする。しかし、それは街の禁忌に触れることだった⁉

PHP文芸文庫

怪談物件マヨイガ

蒼月海里 著

池袋、上野、豊洲…東京の「家」に巣食う怪異の謎を解く、「呪術屋」の活躍を描いた傑作ホラー小説。大人気「怪談」シリーズ第三弾！